追いかけるな　大人の流儀5

追いかける

どう生きたらいいのか、という問いに答えるとしたら、答えはない、と言うしかない。どんな仕事も、どんな芸術も、学問も、行き着くところは、人間はいかに生きるか、という命題に辿り着いているらしい。

ところが私たちが生きている日々に、いちいちいかに生きるか、と問い続けている人はまずいない。

私たちは日々、日常のさまざまなことに懸命にむかうのだが（そうでない人が多いし、それが人間らしくもあるが）、今日はいい一日だったと実感が持てる一日はそうそうあるものではない。そのことは逆に言うと、私たちの日々は上手く行かない方が多いのである。これは万人が共通するところなのだ、とこの頃、わかるようになって来た。

なぜ、そうなのか。それは私たちにより良い状況を想像する、望みや願いがあり、それにかなう一日がなかなか得られないからである。ではそういう人は、情ない人たちなのか？　そうではない。少し（かなりでもいいが）足りなかったことが人間はおぼろにわかる生きものなのである。

少年よ大志を抱け（少女でもいいが）、と北海道までやって来た外国人教師は言った。少年まではいかずとも、私たちはより良いものへの、望み、願いをこころの片隅に持って、それを離さない生きものなのだ。これを業欲と、私は考えない。望み、願い……、つまり夢がなければ私たちの日々は無味乾燥した日々になる。

今回、〝追いかけるな〟というテーマにしたのは、望み、願いと言った類いのものを、必要以上にこだわったり、必要以上に追いかけたりすると、それが逆に、当人の不満、不幸を招くことが、私の短い人生経験の中でも間々《まま》あり得ることを見て来たからである。

過ぎたことは忘れてしまえと言っても、忘れられないのが人間の記憶であり、性癖である。たとえばひとつの恋愛を引きずってしまい、せっかく目の前に、自分をしあわせにしてくれる人があらわれているのに、それが見えない時がある。それは見えないのではなく、追いかける余り、他に目をむけられる余裕、やわらかなこころを持てないことが原因である。

私も長く憎しみを抱いたことがあり、それが結果的に、文章、小説を書く上で、必要のない翳《かげ》りになった。他人がゆたかになったり、元気になったりして欲しいという出発点と、自分だけが救われたいという出発では、最後の最後、ひとつのことを成し遂げる時、たとえトップで通過しなくとも、先が見える生き方と、見えない生き方の差となってしまう。

〝追いかける〟ことは決して悪いことではないし、追いかけることでしか成就しなかったことは、研究者や、発明、発見を目指す仕事などで多々あるし、あきらめなかったから出来た、という例はある。

かつて、私も近しい人を多く亡くしたが、もし私が、その哀しみの中に浸っていたら、私は今こうして文章を書くこともなかったろうと思う。生きることに哀しみがともなわない人生はどこにもない。哀しみに遭遇すると、人は、どうして自分だけが、あの人だけがと考えざるを得ない。しかし哀しみの時間に一人立っていても、そこから抜け出す先は見えない。決して忘れ得ぬことでも、それを追いかける行為は、人を切なくするばかりだ。

私が言う〝追いかけるな〟は、前進のためにあると思っていただきたい。

斯《か》く言う私は今も、いくつものことを追いかけている。それでいいと思っているのだが、追いかけるにしても、その姿勢が大切なのだろう。

世の中には、さまざまな人、さまざまな場所が、あなたを待っていると信じることが大切である。

二〇一五年十一月

東京のホテルにて

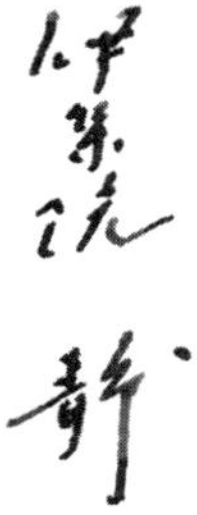

追いかけるな　大人の流儀5［目次］
a genuine way of life by Ijuin Shizuka contents

帯写真◉宮本敏明
挿絵◉福山小夜
装丁◉竹内雄二

第一章

追いかけるから、負けるんだ

人との別れ

盆入りの前に仙台に帰った。

雨が降っていて、東京よりいくぶん涼しいので、朝夕は庭に出てぼんやりできる。

昨日の早朝、新聞を取りに玄関にバカ犬（ノボ）と出たら、犬がウ〜ッと唸った。見ると玄関から少し先の道路の真ん中に何か居た。

モグラの頭に似ている。

——何だ、あれは？

犬と近くに行くと、リンゴである。

こんな早朝にリンゴを落した者がいるのか、と周囲を見回した。

——なぜ、早朝にリンゴが……。

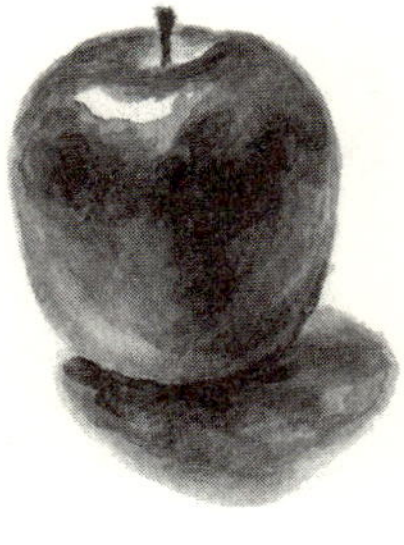

犬は鼻を近づけている。

「やめなさい。毒入りリンゴかもしれない」

先月より、中断していた推理小説を再開したので、そちらに発想がむくのか。

それにしてもまるまるとしたリンゴだ。私は空を見上げた。犬も同じようにした。

――タイムマシンに乗って、ニュートンが間違って仙台に来たとか？　ナワケナイカ。

リンゴを拾い道の端に置いて引き上げた。

家人が起きて来たので、リンゴの話をすると、それは我が家のリンゴの木から落ちたものだ、とあっさり言われた。

それで庭に出てたしかめると塀に隠れた場所に実ったリンゴが何個かあった。

「いつからこんな立派なリンゴが実るようになったのかね？」

「十五年くらい前からですか。知らなかったんですか」

言い方に棘を感じた。

私は犬の顔を見て言った。

「おまえもリンゴを見たら、リンゴの木の方を見上げるとか、できんのか。バカモン」

その日の夕刻、近所のゴルフ練習場へお祝いの挨拶に出かけた。

私のゴルフの先生が、ロングドライビング大会で数年振りに一位に返り咲いた。逆風だったので380ヤードしか飛ばなかったそうだ。400ヤードを楽に越えたのを目にした時の感想は、

——この人、何を喰ってんだ？

であったが、ともかく面白そうなので習うことにした。一ヵ月に数日習って一年半したらスライスが治った。

和田正義プロ。いい人である。私には厳しい指導だが、家人にはやさしい。和田夫人は若くてピチピチだし、赤ちゃんはよく笑う。

追いかけるな。

私はこれまで、何かを必要以上に追いかけたことは一度もない。

人に対しても、物事に対しても、時間（過去）にでもだ。なぜ、そうして来たのか。考えたこともなかった。考えなかったのは、おそらく私の勘のようなものからきている気がする。

追いかける、という行為が、私には〝未練〟に思えたからだ。

追いかけないのは〝未練〟もあるが、私が自分の足元を見て来たからである。

今、自分がこうして、ここに立ち、生きている理由を考えるからだ。

私の両親は、私を、つまらぬことを追いかけるような大人の男にするために、産んで育てたのではあるまい、と常日頃考える。

追いかけて、何か解決がつくなら、それはよかろうが、世の中で起こっていることの大半はどうにもならぬどころか、追いかけたことによってますますおかしくなるものだ。

いい例が人との別れである。

私の前の妻は若くして病死した。その通夜の席で、彼女の祖父に斎場の隅に呼ばれ、

「君は若い。一年と言わず、良い女性がいたらさっさと次の家庭を持ちなさい。いつまでも追いかけていたら、周りも不幸になるからね。それが大人の生き方だから」

通夜の、皆が涙している席での話である。

私が挨拶に行った時、一番喜んでくれた祖父である。私は何を言い出したのだ、と驚いたが、今はわかる。去って行った人は、時間は、それを追いかけられては迷惑をする。

あれから三十年が過ぎて

またたく間に三十年が過ぎて、私はあいかわらず、ぐうたら作家で生きている。

三十年前の一年間は雨が多い年だった。

少し切ないナ、と思った午後は、いつも雨が降っていた。

その年の夏、御巣鷹山で日航機が墜落し、多くの犠牲者が出た。その中の一人に、前妻と仲の良かった宝塚出身の娘さんがいた。

私も一度逢ったことがあった。

清楚で美しい娘さんだった。

私はこの時の事故のことを病院の待合室のテレビで知った。

病室からテレビを出していた。

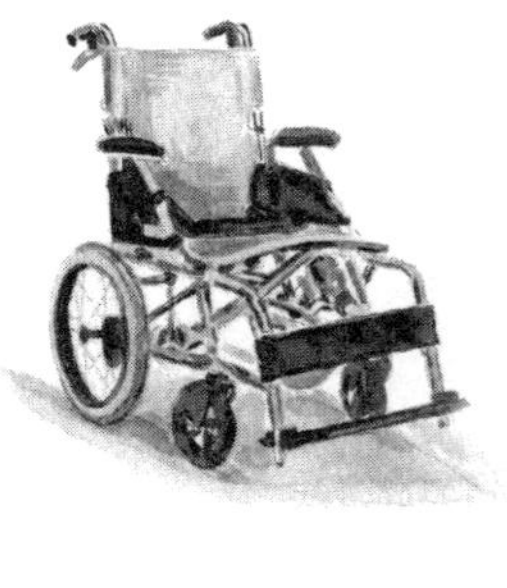

当時のテレビのワイドショーは、芸能ニュースで芸能レポーターが報道の自由と称して好き勝手な報道をしていた。

妻はテレビを観るのが好きだったから、治療の入院とはいえ、過酷な化学療法がない時は時間をもてあました。


今、思い出しても、白血病という病気は奇妙（表現が適切ではなかろうが）な病気だった。治療以外の時間、病室で休んでいる時は、端《はた》で見ていて、健常者と何ひとつかわらない。正常ではない白血球が増えて来るまで何もわからないし、本当に病気なのか、と思ってしまうこともあった。同時に、次の朝、目覚めると、奇跡が起きていて、医師も驚嘆する結果が出て、退院し、外を走り出すのではと思ったりした。

それは逆に表に病魔の気配があらわれない分だけ不気味であった。

今は、三十年前に比べると、血液の病気の治療は格段に良くなっている。

友人の、渡辺謙さんの活躍を見てもらえればわかる。

〝白血病〟イコール〝死〟という言葉は、医師も、当事者も使わないし、生存率は、当時とは比較にならない。

三十年前は違っていた。

テレビを観せて、ワイドショーで、彼女がそういう病いだとレポーターが言い出せば、当人に病気のことは伝えなかったので、知った時の動揺を考えるとテレビを部屋から出すしかなかった。

「この病棟にはテレビは置かない規則なんだよ」

「わかりました」

こちらが言うことはすべて素直に聞いてくれた。

しかし実は、彼女は他の病室にテレビが置いてあるのは知っていただろうと思う。

或る日、彼女が検査でどうしても別のフロアーまで行かねばならない時があり、私は病室に残った。すると隣りの隣り、病室をひとつ隔てた部屋のテレビの音が聞こえて来た。

「そうか、わかっていて従ってくれているのだ……」

と思い、やるせない気持ちになった。

検査を終え、車椅子に乗って病室に戻って来た彼女が、Vサインをして私に笑いかけた時、その明るさに苦笑いをした。

――なんだ、助けられてるのはこっちか。

命日は、誰にも逢わずに、これまで過ごしたが、今年は、東京の母代りのMさんと、Kさんと打ち合わせがてら食事した。

そうしてみると楽であった。

今、全国でいったい何人の人が、家族の病気に付き添っていらっしゃるかは知らぬが、どんな状態でも、明るく過ごすようにすることが一番である。明朗、陽気であることはすべてのものに優る。

自分だけが、自分の身内だけが、なぜこんな目に……、と考えないことである。気を病んでも人生の時間は過ぎる。明るく陽気でも過ぎるなら、どちらがいいかは明白である。

私たちはいつもかつもきちんと生きて行くことはできない。それが人間というものである。悔むようなこともしでかすし、失敗もする。もしかするとそんなダメなことの方が多いのが生きるということかもわからない。

この本は〝追いかけるな〟ということについて書いているが、正直に言うと、私は〝追いかけてます〟も悪くないと思っている。ひとつのことを成し遂げようと思ったら他人がどう思おうと、やり続けることだ。

私が言っている〝追いかけるな〟というのは、いつまでもつまらぬものにこだわるな、という意味合いの方が強い。

今は切なくとも〝悲しみには必ず終りがやって来る〟という老婆の言葉を私は信じている。

淋しいという気持ち

どうしてこんなに仕事に追われるんだろうか、と思うが、私のようなぐうたらは、そのくらいの方がいいのだろう。

六十歳を過ぎたら仕事の量を倍にします、と約束して、遊んだ？　そんなことはないのだが、酒もギャンブルもほどほどではなかった。

よく飲み、よく打ち、よく怒った。

つき合わされた人は大半が倒れた。

「君、身体には気を付けなきゃ、と常日頃言ってるだろう」

病室でそう言うと、私が部屋を出ると点滴の容器をドアに投げつけたらしい。

私によくつき合ってくれた人は早く死ぬ。

つき合ってくれなかった人はもっと早く死ぬ。どっちみち人間は死ぬ。そのことだけがオギャーッと生まれて決っていることだ。

この数日、常宿のホテルの周辺を歩いている。三日目なのだが、ずっと雨。傘を差して早足で歩いていると、悪い事をして逃げていると思われないか、心配。

今夏の初め、数少ない愉しみのひとつのゴルフの最中、両足が痙《つ》ってしまい、最終ホールでOBゾーン近くに飛んだボールを同伴競技者の三人（皆さん七十五歳以上）に探してもらい、私はフェアウエーで硬直していた。あんな恥ずかしい思いは生まれて初めてだった。プレー後に詫びたが、笑って、いいですよ、と言われ、余計に発奮し、少し歩くことにした。

三日前はニコライ堂、昨日は東京ドーム、今日は漱石の通った錦華小学校。

歩いていると変な人に出逢う。作家の吉行淳之介は〝煙草屋までの旅〟と称して、作家は家から煙草を買いに行くわずかな間でも、何かにめぐり逢う気質の人間であると書いた。

二日前は聖橋の上で行ったり来たりしている男を見た。

――身投げか？

笑っている。とうとう来たか。よく見ると携帯電話で話をしていた。こんな雨の日に傘差して携帯掛けてんじゃねぇよ。

今日は、仕事が徹夜になったので、早足は昼時。いつも人が並んでるうどん屋がある。二、三十人並んでいる。こんな雨の日に傘差して、うどん、ラーメンに並んでんじゃねぇよ。そんなことに大人の時間を浪費するな。

並んでまで食べるものが、世の中にあるとは思えない。銀座では鮨店にも並ぶ。安くて旨いってか。鮨を並んで喰って、どこが江戸前の粋じゃ。しかし高級店にバスで来る客もいるという。鮨は、リンゴや梨と違うし、桜や紅葉でもないいんだから。

以前、鮨屋に子供を連れて来るんじゃない、と書いたら、そのことを揶揄《やゆ》(からかわれること。どうして注釈付けにゃならんの)される。

回転寿司は鮨ではない、と書いたら協会から文句を言われた。〝回転寿司こそ鮨の極致だ〟という作家を探して書いて貰え、と言った。

バスと言えば、銀座の通りに何台もバスが並んで通りが大渋滞する。中国人買物客のバスだ。この連中の行儀がすこぶる悪い。

なぜか? 躾をしてないからである。いくら国が豊かになろうが、国家の基盤である家族、家が、人間に必要な最低限のことを子供の時から教え、時には叩き込んでいなければ、その国はいつまでたっても二流以下である。

日本人の大半が二流になったのも、そこにある。

後輩の女性が失恋し、恋人を探していると言う。恋愛が、人が好きな性格らしい。彼女と酒場で少し話をした。

「恋は、いつもかつも夢中でするものでも探すものでもないよ」

「だって淋しいんですもの」

「その淋しいという気持ちが実はとても大事なんだ」

「大事？」

「そう。淋しかったり、孤独だったりする時間をしっかり持てた人は、来たるべき相手にめぐり逢った時、その人の良さや、やさしさが以前より、よく理解できるようになる。いい恋人がいるとは、皆、孤独で、淋しい時間、自分は何なのか、を見つめていた人だ」

「でも淋しいです」

「目の前にふらふらしてるのをつかまえると碌《ろく》なことはありません。だいたい目の前をふらふらしてるのは蚊と同じだから」

「どうしたらいいんですか？」

「とっつかまえて叩きつぶしなさい」

恋愛もまた必要以上に、追いかけるな。

祈り

〝蜻蜓〟と書いて、ヤンマと読む。

あのトンボの中でひと回り大きなやつである。シオカラトンボや赤トンボのように夏の中頃から野原、海辺を無数に飛び交うトンボと違って、このヤンマはなかなか目にすることがない。

少年の頃、その姿を見つけると思わず、

「あっ、鬼ヤンマだ。見たか？」

「うん、見た見た。でっかいのう。あんなのが捕れたらええのにのう……」

と言ってうらめしそうにヤンマの飛び去った藪《やぶ》の方を悪ガキたちは見たものだった。

そのヤンマが、今朝、仙台の家のバラの垣にやって来て、一時間余り、じっとしていたと

家人が言う。バラはすでに花を落しているから、その場所が気に入ったのかもしれない。

「犬たちを二度庭に出した間もずっとバラ垣に居たから、もしかして誰かが来たのかしら」

——何のことだ？

と思って、カレンダーを見ると盆に入っていた。

——そうか、そういうことか。

「ねぇ、この日和の前後に編集者の方の命日があったわよね。何と言ったかしら」
△△さんだ、と私が声を返すと、そうだわ、いい方だったものね。数年前にも同じように大きなヤンマがやって来て、しばらく庭にいたものね……。
「そりゃ見たかったたな」

「大きくて綺麗だったわ……」

そう言えば、昨日の午後、家人が犬の散歩の帰りに一緒になったSさんの姿をちらりと見た。私は犬を待って玄関先の椅子にパジャマで座っていたからあわてて引っ込んだ。Sさんは我家《うち》の犬をたいそう可愛いがってくれる。兄チャンの犬も姿を見ると喜ぶ。人間嫌いの、私のバカ犬も少しだけ愛想を使うから犬もわかっているのだ。

——そのヤンマはSさんのお嬢さんかもしれないナ。

Sさんのお嬢さんは三年前の震災で亡くなった。遺体が見つかるまで数ヵ月かかった。家人が悔みを言いに行くと、うちはまだ見つかっただけでも、と言ったという。

どこもかしこも家族、親戚、知人に犠牲者がいて、切ない初盆の夏だった。

『奥さん、私は元気ですよ』と言いに来たのかもしれない。

私は、あの世というものを知らない。知っているという人がいても、話を聞くつもりもない。ただ世界中の人間の中の、半分近くは、あの世を信じているらしい。近しい人が亡くなり、供養や、その人を偲《しの》ぶ機会が何度かあると、あの世はあった方が気持ちのおさめどころがいいようだ。

私は自分が、あの世に行けるとは露ほども思っていないし、行きたいとも思わない。自分がどう生きて来たかは私が一番よく知っている。死んだ後も楽《ラク》ができるはずがない。

地獄なら……。ハイ！　そりゃ仕方ない。そっちの方がたぶん知り合いも多い。

かと言って墓参や、寺社へ出かけないことはない。供養でも、偲ぶ折でもきちんと手を合わせる。それが大人の礼儀である。

人の家を訪ねれば、仏壇があれば手を合わさせてもらう。それが礼儀と教わった。

わざわざ？　と若者は言うかもしれないが、きちんとしたことはわざわざするものではない。信心は、人の行為の中の最上位にあると言ってもわからぬ人が多かろう。

神の存在のすべてを私は肯定しないが、祈ることは進んでする。現に海外へ行く度に病気療養中の義父母の恢復を祈って、スペインでも南フランスでも〝奇跡が起きる〟と評判の所へは時間をこしらえて出かけた。そこでロザリオを買って帰って家人に渡すと、しばらく大事にしてもらえる。お蔭で義父母は医師の診立ての倍の年月長生きをしてくれた。これは神のお蔭である。そうでない証明は誰にもできぬ。

但し、自分のことは、或る年齢の時からいっさい祈りも、ましてや神に頼むことはしない。私にとって、神々はそういう存在だ。

ヤンマがよく私の身体にとまる。とまると言うより、帽子でも、肩先でも鷲摑んで離さない。周囲の人は声を上げる。決ってこの時期が多い（当たり前だ、ヤンマはこの時期に飛ぶのである）。

三十年近く前、京都、山科の寺での薪能を見学に行き、能が仕舞い、坊主の講話の最中に一匹の大きな銀色のヤンマがゆっくりとあらわれ、篝火の灯りの中を聴衆の頭上を旋回した。皆、その美しさに目を奪われた。私は薪能でいい加減眠くなっていた上に坊主の話にうんざりしていたので、うとうとしていた。銀ヤンマは私の頭の上にとまった。講話が終るまでとまっていたらしい。

一時間後、坊主と精進料理の席にいると、

「それは亡くなった奥さまです」

と言われた。私はすぐに返答した。

「いいえ、実は、私は虫がよくつく男なんです」

大丈夫だ、わしがいる

我が家のバカ犬の背骨の具合いがかなり悪くなった。

八月の初旬、十日程、仙台で仕事になり、その夜中じゅう、かたわらで休んでいるバカ犬の背中、左足をずっと揉んでやっていた。

初めは身体に触れただけで、目を剝いていたのだが、どうも善意でしてくれているとわかったのか、数日したら、私の指先が触れると眠っているのに左足を宙に浮かせるようになった。

その態度が、どこか横着で、私が手を伸ばすと、

「ほらよ。揉め」

というふうに見えた。

「おまえ、誰が揉んでやってると思っているの」

と以前なら言ったが、今回は言わない。

バカ犬も歳を取ったのである。

人間の年齢なら、七十歳を越える。

バカ犬の兄貴の方の犬はもっとだ。

こちらは二年前くらいから耳が遠くなって、背後から声をかけても、じっと庭先を見ているようなことが増えた。

最初はそれを見て笑っていた家人も、この頃心配そうに兄貴犬（アイス）を見つめている姿を見かける。

私も兄貴犬と一緒の時は老いた姿を見ていて、言いがたい感慨を抱く。

これはおそらくどの飼い主も同じ経験があると思う。

我が家に、飼い主の家に来たばかりの頃の、幼く、若く、何をしてもあいらしく映った仔犬の姿である。

一匹の犬（猫でもいいが）が家の中に入っただけで、これだけ家の中が明るくなり、話がはずむようになったことを、初めてペットを飼った人たちは一様に驚き、妙なことだが職場、学校にいる時でさえ、今頃、あいつはどうしているだろうかと、あの愛嬌のある、まるで自分の子供の（兄弟でもいいが）ようなペットの姿を思い出すのである。

どうしてそんな素晴らしい能力を彼等は持っているのだろうか。

それは彼等が人間を信頼し、いつも自分（人間の方ですよ）のことを忘れずに考えてくれているように思うからである。これが人間（たとえ家族でも）であったらそうはいかない。一見忠実に見える犬たちの様子は、人間に安堵を持たせ、やがて彼等へのいつくしみが湧いてくる。

人間と違って無償の愛情をくれている（実際は餌や糞《ふん》の始末はしているが）ように思えるのである。

まあこんな一般論はどうでもよろしい。

御託を並べても、一頭の犬（猫でもいい）と一人の飼い主の間に起こったことは一言で言いあらわせないほど、ゆたかで、愉しく、時に哀しいものなのである。

斯くいう私も、バカ犬とは呼んでいるが、この犬に何度も救われている。まあ面とむかって礼は言わぬが（相手は東北一の愚犬であるから）、少し肉を多く与えたこともある。

夏の深夜、背中、足を揉んでやるのも、愚犬への感謝の（いや愛情と呼べるかもしれない）気持ちからである。

私の姿を見つけると、あんなに勢い良く走って来た相手が、ただシッ尾を振り、どうにか嬉しさを表現しようとしている姿は切ないものである。

さらにその切ない感情の先には別離がある。

これが飼い主のこころに覆いかぶさる。

生きている限り、別離があるのは仕方のないことだが、それでも切ない。

だから今のうちが大事な時間となる。

兄貴犬が我が家にやって来た時、家人のあまりの可愛いがりように驚いた私は、これは犬がいなくなった時に大変なことになるぞと、もう一匹を飼うように言った。

「ともかく元気この上ない犬を探しなさい。容姿、犬種はどうでもよろしい」

家人はいろんな所へ犬を探しに行った。

「あなた、或るペットショップで、もう二ヵ月近くずっと売れ残っている、変な顔で、その上何だか泥だらけに見える犬がいるの」

「そ、そ、そいつだ。そいつを家に入れてくれ」

そりゃまあ最初はスゴかった。餌をやるのに兄貴犬の皿にうなり声を上げて突進するわ、そこいら中のものを噛みちぎるわ、果ては家人に吠えはじめ、一人と一匹の間で凄じいバトルがはじまり、とうとうバカ犬は家人に屈した。元気な分、兄貴犬を大型犬から守ろうとしたりした。

その犬が足を引きずりながら歩いている。

兄貴犬は名前を呼んでも振りむかない。

あの大震災直後、余震におびえるこの二匹を抱いて、「大丈夫だ。わしがいる」と何度も言ったが、あれは実は、犬たちに私が抱かれていたのかもしれない。

見離さず辛抱強く

よく雪の降る春である。

仙台の庭は一メートル近く積もった。

こういう風景を見ていると南国で育った私は、なぜこんな所に住んでるのか、と思う。

雪のおかげでゴルフの予定がすべて中止になった。ゴルフしか愉しみがない人はさぞ恨めしい顔をして空を見上げているのだろう。

ゴルフと言えば、宮崎キャンプへ行く前の松井秀喜君から、突然、電話が入った。

「伊集院さん、ゴルフ行ってらっしゃいますか？」必要以上に明るい声である。

——何を急に言っとるんだ？

「ゴルフは適当に行っとるよ。しかしそれが君と何の関係があるんだね？」

「いや、四日後に宮崎へジャイアンツのキャンプに行くんですが、このところ運動不足で……」

「それで?」

「もし伊集院さんがゴルフに行かれるのならそのそばで少しランニングでもしようかと」

――ほおっ、そう来たか。

「ジムでも行って走ればいいでしょう」

「それが膝の具合いがまだわからなくて、固い所で走るのは……」

――えっ! まだそんなに悪いのか?

「わかった。いつですか」

「明日あたりはどうでしょう」

――明日か? 午後一番でテレビ収録だぞ。

「ヒデキ君、五時半に起きられるかね」

「まったく大丈夫です」

それで二人でEポイントゴルフまで出かけた。私はカートに乗ってゴルフをする。彼はそのそばでひたすら走る。ゴルフコースのフェアウェーは弾力性があり、膝に負担がかからない。キャディが言った。

「伊集院さん、松井さんはずっと走ってらっしゃるんでしょうか？」

「そうじゃないか。次のオリンピックにマラソンで出場したいと言ってたから」

「本当ですか？」

——な、わけないでしょう。

途中、汗も掻き、少し落ち着いたのか、松井君が言った。

「少しゴルフしてもいいですか」

「かまわんけど、ここでボールが隣りのホールに行って人に当たったりしたら明日のスポーツ紙の一面だよ」

「どうしましょうか？」

「以前もハワイで言ったけど、ただボールの芯に当てるつもりでゆっくり振れば」

「そうします」

3番のロングホール。彼は慎重にクラブを振ってボールの芯を叩いた。

「今のボールどこへ行った、キャディさん」

「右の一本木を越えた所までは見えました」

「あの木をか？　越えるのに360ヤードはいるだろう」

フェアウェーを進むと400ヤードくらいの所に汚れたボールがひとつあった。

「何だ、この汚れたボールは？」

「すみません。十年前のボールで……」

「十年間一度もゴルフをしてないのか？」

「ベースボールで精一杯で……」

――嫌味な言い方！

「伊集院さん、松井さんのクラブってもう十年以上前のクラブで、今時のシャフトとヘッドなら、あと100ヤードは飛びますよ」

「そうなんだ……」

――わしは何のためにこの二年、300ヤードを目指して練習してたんだ？

松井君が宮崎にコーチに行き、若手を含めた選手たちは目の色が違ったという。長嶋さんも加わり、バッティングの本質を知る二人が選手を見ていた。素晴らしい光景である。新しい時代が来るのか。

ニューヨークへ出発する前に食事をしながら少し話した。

「コーチングはやはり難しいかね？」

「どの選手も資質があります。彼等の可能性を見つけて成長させるのは大変なことです」

「でも長嶋さんは君にしてくれたじゃない」

「監督（今も彼はこう呼ぶ）が自分を決して見離さず辛抱強く教えて下さったからです。その意味の大きさが今回わかりました」

隣りで家人が声をかけた。

「あなたヒデキ君の息子さん可愛いよ」

「わしゃ、子供に興味ないから」

松井君はタンパへ行き、マー君とも逢う。彼はどんな助言をするのだろうか。

雪が残る神楽坂の小路で私は彼に言った。

「ジーターが引退とか言ってるから、彼を連れて日本に帰って来なさい。そうしたらまたゴルフにも連れて行くから」

大きな背中がちいさな赤ん坊を抱いて三味線の音色が聞こえる路地に消えた。

――チキショウ、絵になるナ。

銀座の底力

銀座は不思議な街である。

この街には、昼と夜の顔がある。

私は主に夜のこの街を訪れる。もう四十年を越えた。

昔の銀座の遊び人は、銀座に遊びに行くことを〝中に入る〟と言った。東京にはさまざまな繁華街がある。♪銀座、赤坂、六本木♪　と歌われるように、少し遊びには金がかかる繁華街もあれば、♪よってらっしゃい、よってらっしゃい♪　と歌う、錦糸町、亀戸という庶民的な街もある。

ただ、その様々な繁華街の中で、銀座だけが〝中に入る〟と呼ぶ。他は外なのである。

私が最初に銀座の街を見たのは、大学の野球部に入って、六大学の試合のチケットを聖路

加病院に勤めていた野球部の先輩に届けるため、マネージャーと聖路加まで出かけた時だ。丸坊主頭で学生服を着た青二才は、帰り道の銀座四丁目の交差点でマネージャーに言われた。

「あそこが銀座だ。東京で一等賞の街だ」

——ほう、あれが一等賞か……。

と私はビルの並ぶ大通りを見た。

「夜は、銀座の蝶が舞うのさ」

「夜に蝶がですか、先輩？」

「フッフフ、わかっていないな」

実はわかっていたのだが、私は驚いた振りをした。

——まあこんなところへ遊びに来ることもないだろう……。

と思ったかどうかはわからない。

次に銀座を訪れたのは、野球部を退め、大学のクラスの女の子と銀座でデートした時だった。

〝コックドール〟と言ったか、レストランに入り、相手がいきなりメニューを見て注文したものが、値段を見ると、私の持ち金の大半だった。私は一番安いサラダを注文した。それでも五百円近かった。その女の子とその後どうなったかは覚えていないが、冷や汗を掻いていた青二才がいた。すべて銀座の昼の顔である。

夜の顔を見たのがいつだったかは覚えていない。おそらく二十五、六歳だったろう。

勿論、自前では行けなかった。

作家になる以前から通っていたから、出版社の偉い人に連れて行ってもらっても、さほど楽しくなかった。

銀座を見直したのは、作家になり、初めての本が出版された時、当時、銀座でも一、二を競うクラブGのママが、私の本を書店で見かけ、それをまとめて買って店のピアノの上に置いてくれた。

大御所の作家が通う店だった。

「こんなどこの馬の骨ともわからん若造の本を……」

それでもママは毅然として言ってくれたそうだ。

「いいえ、この作家はいずれ皆さんと競う作家になります」

本まで買って貰った上に、飲み代もツケにしてくれた。

同じことを、それ以前、逗子の〝なぎさホテル〟でI支配人がしてくれた。こちらも宿泊代を二年近く待ってくれた。

そのMママはもう銀座を引退し、今はフィリピンのストリートチルドレンを救済する会を立ち上げ、応援している。彼女の故郷の門司と、私の生家がある山口県の防府は近い。有難いことだった。

作家は自分一人の才能で一人前になると思っている人もいようが、それは違う。人間の才能なんて高が知れている。どんな職業、仕事も周囲の人が見守り、育ててくれるのである。

四十年近く銀座へ通うと、この街だけが持つ底力を見ることがある。

一流クラブは敷居が高いと言うが、それは嘘でもない。何年も通って客が少しずつ馴染みになる慣わしが、かつてはあった。それでも銀座には象徴的なこともある。その折々、一番景気の良い仕事をしている客が幅をきかせる。湯水のように金を使う客を見て、

――そうか、今は不動産屋とパチンコ屋か。

それがやがて、

――ほう、IT企業が景気がいいのか。

と世相を見ることもできる。

銀座の街が好きである。
この街で働く男も、女も好きである。花売りのオバサンも好きである。
どうして好きなのか？　理由はわからぬ。
私は銀座に育ててもらった。今も同じである。少し授業料は高いが……。

無念を握りしめて生きる

この季節、大きな台風が日本に近づくと、四十数年前の夏がよみがえる。

今年も月初めに生家へ花を送った。

弟の四十五回目の命日である。

その日、母は生家のそばを歩きながら海を見るのだろうか。

四十四年前の七月、弟は一人で海へ出かけた。峠ひとつ越えたちいさな浜である。

台風が近づいていた。

瀬戸内海沿いの港町の、それも波音が聞こえる町で生まれ育った私も、弟も、台風がどれだけ危険かは幼い頃から十分過ぎるほど知っていた。子供の頃、高潮で堤防が決壊《けっかい》し、生家も一階まで浸水したし、台風が来る度に必ず何人かの大人、子供が亡くなった。

「沖縄がもうすぐ暴風圏らしい……」

大人たちの会話を聞けば、子供たちも緊張した。沖縄はいかにも遠く聞こえようが、大人たちは台風が沖縄に上陸することは、すでに西日本全体の気象が異様になりつつあるのだと知っていた。九州から中国地方へは二、三日後にという情報は、最悪の時がその日であるということだった。

その証拠に生家を出て五分歩けば出る入江の堤道から水面を眺めれば、波は普段とまったく違う動きをしていた。重く、ゆっくりと海底から突き上げるうねりである。

——台風だと聞いたら、海へ絶対に近づくんじゃないぞ。一人で出かけたら承知せんぞ。

ガキの頃から耳にタコができるほど言われて来たことを海辺に住む子供は守った。

それは生きる術でもあった。

なのに弟は隣町の浜へ行き、一人でボートを漕ぎ出し沖へ出た。

なぜそんなバカなことを、と弟が死んだ後に何度も考えてみた。

十七歳だった。サッカーの選手で、あとで聞けば二年生ですでに中国五県のベストイレブンに選出されるほどの選手だったらしい。私も高校生くらいから身体が急に大きくなったが、弟も同じだった。すでに上京していた私はその成長振りを見ていない。

体力に自信があったのである。弟は私と違っておとなしく、こころねのやさしいところがあった。静かな者ほどいったん自信を持てば頑固な点がある。

しかし荒れはじめた沖合いに彼が一人でボートを漕ぎ出したのには他に理由があった。当時、二十歳であった私が父と、家業を継ぐことで諍いになった。父は激怒し、私を勘当し、弟を医者にさせ病院を経営する考えを弟に告げ、彼も納得した。私は家を出された身なので、それを知らなかった。でも弟にも彼の人生の夢があった。

冒険家になる夢であった。彼はそれをかなえるべく冒険家になる体力を鍛えていたのだ。少しでも時間ができれば筏《いかだ》を作ったり、ボートを漕ぎに行っていたらしい。

弟が行方不明の報せが入ったのは、その日の夕刻で、海の家の主人から弟がボートで沖へ行ったまま戻って来ていない、と報された。

海はすでに荒れはじめていた。父も仕事で町を離れていた。私も夜の飛行機で山口へむかった。

夜半の浜で二十数名の男たちが父を中心に捜索をはじめていた。ボートはすでに空のまま浜へ揚がっていた。両方の岬の岩場を中心に男たちが弟の名前を呼びながら波音の中を探した。海はどんどん荒れて行った。

翌日、翌々日も捜索が続いた。

台風9号に続き、10号が近づき、ふたつの台風が九州、中四国で動かなくなった。

父は呉《くれ》沖で戦艦陸奥《むつ》の引き揚げをしていたサルベージ船を強引に呼んだ。潜水夫が言った。

「台風で川水が海に出て、泥、砂を巻き上げ一メートル先が見えません」

母は弟の名前を呼び、浜を一日中、雨に濡れ歩いていた。父に言われ、私は母を迎えに何度も浜へ出た。八日後、晴れ間が見え、何十人もの弟の同級生たちが手を繋いで海の中を歩いてくれた。

十一日目の夜明け方、海に浮き上がった弟を見つけたのは母であった。一瞬の浮上だから、船で急いで沖へ行き、私は海へ飛び込み弟を抱いた。すでに息絶えていた。

検死の医者が戸板の上の弟を診ている時、母は大声で言った。

「普段、身体を鍛えている子でございます。先生、どうか生き返らせて下さいませ」

あれから半世紀近くになったのだ。

我が子を陸に揚げた折、無念さに拳を握りしめて深い傷を作った父はすでにない。

今でも母は弟の写真の前で、笑って声をかける。

「元気にしてますか？　マーチャン」

この季節、若者や子供が水難事故に遭ったニュースを耳にすると、彼等の家族の哀しみを思う。周囲のやさしい目といたわりを願ってしまう。

弟の死後、彼の部屋で見つけた日記に、ちいさい頃からいつも助けてくれた兄ちゃんがそうしたいなら、自分は医者になり、その後で冒険へ行く、とあった。無念であった。

私は酔うと後輩に言うらしい。夢を、志を持ちなさいと。その夢にむかって人の何倍もできることをしろと。それができる生涯に一度の時間なのだ、と。日本の若者のせめて半数でも、それを信じて日々生きてくれれば、世界で有数の大人のいる国になるのだが。

台風が来る。悲劇が起こる。そこに必ず家族の哀しみが、その数だけある。黙祈。

一人で生まれ、一人で去る

東京の常宿のホテルに、夜半、一匹の蚊が入って来た。

飛ぶ様子もか弱い。おそらくこの部屋で一生を終えるのだろう。

殺虫剤を吹こうと思ったが、私の血なら吸え、と思った。

翌朝、蚊は絨毯の上で横たわっていた。

蚊がいろいろ物事を考えるのかどうかはわからぬが、ひとつの生命が終るのは切ないものである。

朝、私は蚊の遺骸をティッシュの上に載せてつくづく眺めた。東北のバカ犬が最後を迎えた時も、自分はこうして見ているのだろうかと思った。

今年は前妻が亡くなって三十年目である。

特集の番組もあったらしいが、それを平然と見るほど三十年という歳月は長いものではない。どの家族も同じだと思う。

田舎の母親は、亡くなった弟の位牌に盛り飯を供えて、しばらくぶつぶつと何事かを言っている。聞けば、弟の若い時の愛称を口にし、元気ですか、私たちは元気です、と話しかけている。すでに四十六年前の別離が、彼女にとっては、昨日のことなのである。

前の戦争で息子、夫、兄弟を亡くした人が、その思い出を昨日のごとくに記憶している。その日本人の数が減っていると言うが、果してそうだろうか。

武器輸出三原則というものがあり、それが守られていると思ったら、三菱をはじめとする企業は今、当然のごとく武器を開発し、生産体制に入っている。

明日は中国で軍事パレードである。その訓練をテレビで垣間見たが、ナチスやイギリスが植民地政策を築き上げた兵隊の行進とそっくりである。

中国の国家財政を揺るがすのはいずれ、国家財政における軍事費になる。日本も来年、また五兆円を越す軍事予算となる。

なぜ、そうなるのか?

強国でありたいのである。素手で喧嘩はできない。それが肝のない人間の発想である。

武器は持てば、必ず使いたくなるのが人間の有り様である。

アメリカがイランの核武装に異議を唱えるのは〝聖戦〟の発想があるからだ。抑制はきく、と今の政権が言っても、彼等の根本である宗教指導者があらたにあらわれて核を使うと命じたら、平然と核戦争は起きる。

日本はその戦争から逃がれられるか？

否である。

安保法案をなくしたから、安全という道理はない。武器を開発し、それを同盟国に送り出しても、おそらく巻き込まれる。

それでもどちらの道を選ぶかを問われているのが、今の日本なのである。

2020年のオリンピックの東京開催のエンブレムが白紙撤回されたそうである。

当人には悪いが、エンブレムの使用例で、他国のクリエーターが利用した羽田空港のフォトを名前を記した箇所だけ消して使用したことを、了解を怠ったなどと口にできること自体が詐欺行為と同じである。デザインという仕事の軸が間違っている。真面目にデザインと取り組んで来た人間に失礼である。

彼等は、許されると思って、仕事のやり方を追随したのである。

善いことを習うのはかまわないが、世の中の大半のことは、ひとつの成功例を追えば、そこに新しい光がないのは、少し長く生きた人間にはわかる。

〝追いかけるな〟

今ある悩みや、今かかえ込んでいる問題の本質を見ると、独創性をあと回しにして、易きに走る輩《やから》が、目の前の明るさを求めて〝追いかける〟から失敗をする。

人はすべて、一人で生まれ、一人で去って行く生きものである。追いかけるな。

第二章

いつかは笑い話になる

あの頃、マッチは若かった

朝早くに目覚めて、少し昨夜の酒が残っているようなので、顔を洗い、庭に出た。鳥たちが一斉に動く。

ヒワ、セキレイ、スズメ……、皆がまだ仔鳥である。椅子にじっとしていると、こちらの様子を見てか、また戻って来る。

昨日は昼間、雷とひとしきり激しく雨が降ったので、土の上に虫が出ているのだろう。それを探して、熱心に草の中を嘴で掘り返している。紋白蝶に黒揚羽蝶が花を求めて飛び交う。夏椿、木槿《むくげ》、紫陽花《あじさい》……、羽音がして上を見ればリンゴの実をセキレイが突ついている。糸杉、楓、白樫は梅雨の恵みで葉が光る。卯木《うつぎ》、下野草《しもつけそう》、山法師に開花の気配。

北の国の初夏は一斉に訪れる。

足音に振りむくと、東北一のバカ犬が庭のテラスにあらわれ、背中を伸ばし、大きなアクビをしている。

――おまえ、この頃、よく寝るネ。

家人の犬は、まだ二階で夢の中だろう。

家に入って、茶を入れる。

昨日、静岡のY田さんから、水見色《みずみいろ》の新茶が送られて来た。〝水見色きらく市〟とパンフレットがある。山間の美しい里である。

水見色とは綺麗な名前だ。以前、〝機関車先生〟という小説を書いた折、使わせてもらった。名前の由来は、この里は大雨のたびに川が氾濫するため、村人が順番に川水の様子を見に行ったので水見色と呼ぶようになったとか。暮しの必要性でこしらえた名前か。それが情緒につながるのが面白い。

〝ほぉたると水芭蕉の里〟とあるが、少し整い過ぎの気もする。

Y田さんは何歳になったのか。少女だった娘さんはもう母親なのだろう。

毎年、新茶が届く。静岡からはサキチャンからも茶が届く。あの頃、切れ長の目と白い肌がきわだっていたバーのママさんだった。

静岡へは、毎月訪れていた。

当時、地方のテレビ局は今と違って、深夜の番組の間の枠にコマーシャルのスポンサーがつかなくて、その空枠（アキワクと読む）にテレビ局の宣伝を入れてみようと企画したのが、サッカー青年のY田さんだった。その企画がどういうわけか、私の下に持ち込まれた。私は広告マンだった。

「手前ミソになる宣伝もね……」

そう言われてアニメーションで〃お話しましょう〃というイメージフィルムをこしらえた。♪空飛べ、自転車、花いちもんめ、昨日も、今日も日曜日、北極、南極、その真ん中にテレビ局♪　なんてのを作詞した。

これがなぜかヒットした。静岡の子供が皆口ずさむようになった。ついでに社会のテストが楽《ラク》になるようにと、これ一曲覚えれば静岡の市の名前が頭に入るという〃ごてんばあさん〃というアニメと歌もこしらえた。

♪フジの、フジノミヤ、ごてんばあさんおって、アタミ、イトウ、ぶたれてシモダ♪　何のことはない小林旭の〃自動車ショー歌〃である。ところが今、歌っても新しい市ができて役に立たないという。そりゃそうだ。三十数年前の話である。若者は懸命に創作したが……。

ところが前述の、空飛べ自転車～の歌を聞いていたレコード会社のディレクターがいて、この人が、ちらほらと作詞もしていた私の下に、歌謡曲の詞の依頼をして来た。

「たのきんトリオ知ってますか？」

――田楽の金時饅頭か何かですか？

そしてマッチこと、近藤真彦君と渋谷のスタジオで逢った。

一見、ヤンキーの、悪ガキにしか見えないが、その目は澄んでいたのが気に入った。

――この手はまず芸能界では一年もつことはないが、もしこの若者がステージに立ち続けることがあれば、あの業界も変わるんだが……、いや無理か。そりゃ奇跡に近い。

ところが、澄んでいた目は、一人の若者として、〝男の真芯〟を外さなかった。

〝ギンギラギンにさりげなく〟という詞を書いた。♪覚めた仕種で熱く見ろ、涙残して笑いなよ♪　何のこっちゃ？　と世間は笑ったが、筒美京平さんの曲が圧巻だった。

六年後、〝愚か者〟。♪金と銀の器を抱いて、愚か者が街を走るよ♪　どういう奴なんだよ、単なる酔っ払いじゃないか。これがレコード大賞をもらった。世の中、わからない。

そのマッチが、今年、三十五周年で、メモリアルのアルバム（古いけど、そうなんだナ）を発売した。すべて、このいい加減な男の詞というから、ますます世の中わからない。

どこでどうしているだろう

写真家の加納典明さんの写真展が麻布であるというので、夕刻出かけた。

住宅街にあるちいさなギャラリーで開催されていたが、場所が、三十年近く前に、私が住んでいたアパートの側だったので、懐かしかった。

「この辺り、ずいぶんと変わったナ」

加納さんは元気だった。

膝の手術をなさるらしい。

「もう一回きちんと動き回りたいからな」

「そりゃいいですね。上手く行きますよ。手術が終わったら、リハビリのゴルフくらいはつき合います」

「おう、頼むよ」

典明さんとはいっとき、競輪場のある街や小樽、博多と風情のある港町を旅した。

その頃の典明さんは、元気で獣みたい（失礼、男の誉め言葉です）だった。撮影中にもたつく助手（たしか息子さんだった）に鉄拳が飛んでいた。

みるみる若者の顔が膨れ上がるのを見て、

――この若者は、これで少々のことで弱音を吐かなくなるだろうし、第一くたばったりしないだろう。

と思った。

あとで酒場で息子さんに、

「大丈夫？」

と訊くと、笑って言った。

「なんてことないっす、これくらい」

――これくらいか、イイナー。

この頃の若者がヤワなのは、彼等が風の中に立とうとしないし、世間から辛い風が失せたからだろう。

たしか二人の旅で典明さんの父上とご一緒したことがあった。若い時は図案家（デザイナーのハシリですナ）で、バリバリの思想家で、政府に逆って官憲にもつかまった人だ。その父上が、なぜか競輪好きで、父上と私が競輪場を訪ね、その写真を典明さんが撮影した。

父と息子は長く和解ができなくて、私との仕事の縁で再会、話もされた。

年老いても眼光失せぬ、戦前の革命家はなかなかの男前だった。

「伊集院、おまえのお蔭で親孝行ができたよ。ありがとうよ」

再会の二ヵ月後に父上が他界された。

親子の縁とはそういうものかもしれない。

麻布のギャラリーを出て車を待つ間、周辺を歩いた。

住んでいたアパートはすでになく、場所もわからない。大きなクスの木があったが……。

この頃は木も平気で切る。

モルタル二階建ての二階の部屋は、六畳一間と二畳の炊事場にガスの風呂。

暖房も、勿論、冷房もなかった。電話もない。

夏はあまりに暑くて、窓を開けっ放しでいたら、部屋の中があまりに汚れていたので、ゴミ溜めと間違えたのか、外からカラスが飛び込んで来た。いや、私も入って来たカラスも驚いたこと。二人で叫んでいた。

「手前、なぜ入って来やがった」

「なぜ人間のおまえがここにいる。カァー」

冬は寒くて、銀座のネエさんが三人部屋に入って来て、誰一人コートを脱がなかった。

井上陽水さんが訪ねて来て言った。

「これって君、冗談で住んでるの？」

二日酔ばかりしていた頃で、目覚めるとまず炊事場まで這って行き、水を蛇口から喉に流し込み、よたよたしながら下の公衆電話まで行き、蕎麦屋に卵とじソバとカレーライスを注文した。風呂のガスを点《つ》け、湯に入る準備をし、炊事場と風呂場の間に倒れ込んでいると、蕎麦屋の若造が、お待ちです、長寿庵っす、と立っていた。足元を見て言った。

「おい、おまえが今、立ってる所は部屋の中だから」

「あっ、すいません」

「すみませんで済むか。長生きさせんぞ、長寿庵、この野郎」

一度、アパートの中の何軒かに泥棒が入って、近くの派出所の警官が二名、各部屋を訪ねて来た。

二人の警官はドア越しに部屋の中を見て、

「あの、このアパートの一階、二階に泥棒が入りまして、こちらは……大丈夫ですね。失礼しました」

「コラ、待て！　今、被害を探すから、コラッ、待たんか」

部屋の壁が薄くて、隣りの声が鮮明に届いた。右隣りがゼン息持ちのセールスマンで、夜半、戻って来て、ゼン息が出ると、本当に辛そうで、ようやくおさまって相手がタメ息をつくと、こちらも、よかったとタメ息をついた。左隣りが黒色人種のオカマで、バスケット選手くらい背が高く、静かな女性？だった。一度、挨拶すると目をしばたたかせてうつむかれたので、なるたけ顔を合わせないようにした。

——ラッキー（彼女の名前）は今頃どこでどうしてるのだろうか。

ゴルフは永遠にわからない

ゴルフという遊びは、長くやっていると、或る日、突然、調子が良くなって、

——そうか、これか。わかった！

などという日があり、これまで何をぐだぐだ、ああでもない、こうでもない、とやっていたんだ。仕事が忙しい時に、ラウンドの日、早朝からコースの練習場で何をやってたんだか、と平然とうそぶくものだ。

そんな日は、夕暮れ、銀座の馴染みの店へ行き、女将から声をかけられても、

「あらっ、日に焼けてゴルフですか。でも机についてばかりの仕事ですから、歩けば身体にいいものね」

「あんなものは健康にはたいして良かあないよ。打てばフェアウエーだし、バンカーから打

てばカップインだし、ちっとも身体を動かすことがない」

などと周囲が驚くことを口にする。

「でも気のおけない人と半日一緒なら、それはそれで楽しいんじゃありませんか」

「いや、ありゃ淋しいスポーツだ。同伴者はフェアウエーにいやしないから、淋しくてしょうがないね。ありゃ孤独だね」

などとたいしたこと言っていたのが、翌月、練習もせずにコースに出ると、ボールがクラブに当たるどころか、いきなりフェイントかけて真横にパスしてどうするんだ、ホッケーやってるのと違うんだから。林に入りゃボールが木の根っ子にあるし、バンカーを見ればアゴにボールがお尻だけ見せている。

――コラコラ、おまえはモグラじゃないんだから……。

と声をかけても言うこと聞きゃしない。

「今日は調子が悪いですね。どうしたんですか？」

――放っといてくれるか。私は前からあなたのことは好きじゃなかったんだ。

と同伴者に八つ当たりしたりする。

それで仙台に帰り、家人とひさしぶりに、午後からハーフラウンドだけプレーをしに行くと、バンカーに入ったボールを家人が見事にピンそばに寄せるわ、フェアウエーウッドが快音を立てて花道に転がって行くわ、を眺めていると、

「来月の東京での出版社のコンペはおまえが行きなさい。私は仙台で犬の世話をさせてもらうから」

と口にしたくなる。

見かねた家人に近所のコーチの所へ行くようにすすめられ、行って二、三発打つと、

「メチャクチャになってますね。どうしたんですか」

――どうしたって、君が教えたんだろう。

「ではもう一度、一から……。そうじゃなくて、こうだと言ったでしょう。覚えてないんですか」

――覚えてない、だと。今、誰にむかって、その日本語を使ったんだ。

とは言えずに黙々と指示されたことを続けるが、やはりこの打ち方は記憶にない。

「先生、まさかとは思うが、あなた、私の身体を使って、実験をしているということはないだろうね」

先生は急に真顔になって応える。

「私、そんな勇気はありません」

銀座の贔屓の小料理屋のO羽の、花子さん(ネコ)が、突然、亡くなり、女将は悲嘆に昏れた。数年前に太郎(ネコ)との別離があったので、慰めようがない。しかし私は言う。

「里親を待ってるネコはゴマンといる。あんたが逢いに行けば、待ってるはずだ」

それで週末、女将は出かけた。偉いナ、と思った。太郎、花子への慕情はしまって、待っているものがあれば出かけると決めたのである。抽選になるそうである。いい子が女将の目を見返してくれればいいが……。

それにしてもネコ党はどうして、あんなにネコがいいんだろうか。

口にはしないが、私は連中が苦手だ。

じっと見ていられたりすると、何を考えてんだかわからなくて気味が悪い。

第一、呼んだって来やしない。

——それがエサをもらってる人に対する態度か！　礼と言うものを知らんのか。

その点、東北一のバカ犬のノボなんぞは偉い。原稿の締切りが迫っていようが、平気で仕事場のドアに体当たりを続ける。私はドアを開けて怒鳴る。

「今、忙しいって何度言ったらわかるんだ。メシは今食べたばかりだろう。バカモン！」

それでも尾を振る。偉いネ、オマエハ。

五日に一度風が吹く

〝五風十雨〟という言葉がある。

ゴフウジュウウと読む。

私はこの奇妙な言葉を四十年近く前に、弟の墓を寺内に受け入れてくれた和尚の書いた〝書〟で見た。

たしか弟の七回忌の後で、父に法要のお礼に行ってこい、と言われ、弁当と酒瓶を手に挨拶に訪ねた朝であった。

和尚は一人、本堂の板間で筆を手に何やらしていた。

「おはようございます」

おう、と私を一瞥《いちべつ》（ちらりと見ること）してから、目前に敷いた大きな和紙にむき合ってい

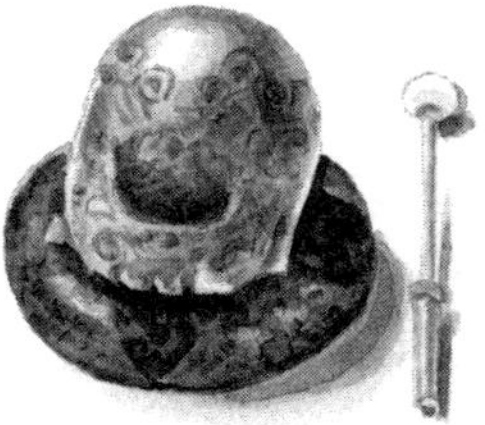

た。そうして筆を休めず、どうした、と訊いた。

「父から先日のお礼にと、酒と弁当を持ってきました」

するとと和尚はニヤリと笑った。

朝から勉強ですか、私が本堂に上がると、いや頼まれ物じゃ、と作業を続けた。

「何と読むんですか」

「〝五風十雨《ゴフウジユウウ》〟」

――何じゃ、それは？

「五の風と十の雨ですか」

「ちょっと違うな。五日に一度風が吹き、十日に一度雨が降る、ということだ」

「そうなんですか」

「ああ、そういうものらしい。自然が、世の中が順調に行っとるという喩《たと》えだ」

「ああ、お百姓さんの言葉ですか」

私が言うと和尚は筆を止め、青二才の顔をじっと見て、おまえは面白いのう、と笑った。

蟬しぐれが五月蠅《うるさ》いほどの朝だった。

朝から和尚の酒とつき合い、生家に戻り、台所で水を一気にガブ飲みしていると、背後で母の声がした。

「まさか朝から何かしたのではないでしょうね」


私は和尚が好きだった。

弟が海難事故で亡くなった後、我が家は日本に墓がないため、曹洞宗派の中でも名刹の寺を父が訪ねると、ふたつ返事で承諾してくれた。

それを聞いて、母も私も驚いた。

「お知り合いだったのですか」

「いや、一度、寺の外塀が壊れていたので少し直してやった。それだけだ」

父にとっては当たり前のことだが、母と私は感心した。

私は弟の死のことで長く悩んだ。

三回忌の法要の折、私は和尚に尋ねた。

「和尚さん。神さまはいるんですかね」

和尚は私の顔をじっと見てから笑った。

「わしも逢ったことはないが、いたほうが何かと都合がいい」

――えっ？

修行時代の若い時、アメリカへ布教へ行き、シカゴでカポネにも逢ったという。

「カポネはどんな奴でしたか？」

「まあヤクザの親方だな」

和尚があっちへ行って三十八、九年か。彼の言う、都合がいい方に逢ったのだろうか。

あの朝から十五年くらい過ぎた午後、銀座のギャラリーMで、〝五風十雨〟に再会した。じっと見ていると、いいでしょう、とギャラリーのマダムに声をかけられた。

「守一《もりかず》は〝書〟もいいんですよ」

画家、熊谷《くまがい》守一の絵を見たくて立ち寄ったギャラリーでの再会だった。

熊谷守一とホアン・ミロの作品に出逢ったことは私の絵画の考えを豊かなものにしてくれた。美の鑑賞の肝心を教えられた。

今朝、目を覚ましたら、床で寝ていた。

ヤンキースのマー君のピッチングを見ようと踏ん張っていたが、眠ったらしい。テレビが点けっ放しだった。生家でも、仙台でも見つかったらどやしつけられる所だった。目が覚めたら、私は顔も洗わず、まず昨夜やりかけの原稿を書き出す。これが唯一、ぐうたら作家が何とか暮らしていけている理由か。な、わけないか。

テレビを消そうとしてスイッチの操作を間違えたら、熊谷守一の特集をしていた。ひさしぶりに守一の作品を見たが、やはりイイ。

娘の榧《かや》さんの元気な姿も見ることができ、朝から得をした気分になった。

実は二日前に、守一の話を原稿に書いたばかりだったので、偶然とは、なかなかの奴である、と思った。今、四国の松山で守一の展覧会が催されている。大人ばかりではなく子供のうちに守一の作品を見せておけば子供の人生におおいに役立つのだが。

榧さんの姿を見たせいでもないが、守一を見に池袋に行こうか、と思った。

新聞を取りに行き、見ると今日はダービーである。武豊騎手は⑰番。絶好調の馬主、大魔神、佐々木主浩の推薦馬が⑤番。

――何だ？　うちのバカ犬のラッキーナンバー（ノボは7月15日生まれ）じゃないか。仏壇でも何でも叩き売って金を揃えろい。

池袋で馬券買って、守一を鑑賞し、帰りに友人Yの店、立山でうどんで一杯。

――いつ仕事するの？
まあ五日に一度風が吹き、十日に一度。

友は逝った

今夜は、T君の命日であった。

知人との食事の後、ホテルのバーで一人で飲んだ。

T君とは、私が五十歳を過ぎて仕事をした編集者の一人である。一見偏屈そうに映る青年であったが、小説の話をはじめると、相手がいかに素晴らしい若者かがわかった。

情熱家であった。しかしただの熱いだけの人ではなかった。用意周到まではいかずとも作家に面談する前に準備しておくことをきちんとしていた。私のつまらぬ著書を読んで下さっていた。近頃では珍しい編集者だと思った。居酒屋でT君の話を聞きながら、この人と仕事をしてみるのは何か自分の新しいものを引き出してくれるかもしれないと思った。

読者は、作家というものが何もかも一人で次の作品を生み出すとお考えかもしれないが、

そういうことができる作家は数えるほどしかいないし、一人で何もかもやって行く作家の作品には早晩、限界が来る。

デビューの頃であれば、作家になろうなどと大胆な思いを抱いている輩だから、二、三作は書ける。しかしそういう作品には限界が出るし、一人で何もかもやるというのは端が見ていても傲慢さが漂う。

初めて逢った夜に思わぬことを言われた。

「伊集院さんの作品には、人間の死を書いていても、そこにユーモアがあります」

――オイ、今何と言った？

私はT君の、その一言に、胸の底の方で沈んでいたものが、ふわりと浮いて来た気持ちがした。

――この人と仕事をしてみよう。

と思った。
七、八年の歳月はかかったが、六十歳を迎える時期に、辛い仕事に向き合う気力が湧き、脱稿まで辿り着けた。
『いねむり先生』『愚者よ、お前がいなくなって淋しくてたまらない』という私にとって加減が許されない仕事をさしてもらった。

有難いことだった。


そのT君の〝偲ぶ会〟が、先週、私が常宿にしているホテルの宴会場で催された。

そう、T君は一年前の、今夜、亡くなった。

ちいさな会であったが、私がこれまで出席した故人を偲ぶ会の中で、一、二番目に良い宴であったように思う。

司会を、私と在京中は〝弥次喜多〟のように仕事、酒、ゴルフをしているE君が担当した。E君とT君は仲がすこぶる良かった。

T君が亡くなり、通夜、葬儀と続く日々の中で、E君はほとんど睡眠をとらずに葬儀の仕切りをやってのけた。見ていて切なかった。

そのE君が開口一番、会のはじまりを話した時、彼が興奮しているのがわかった。

――E君の心の中では、まだT君が死んだことがおさまっていないのだナ。

と甲高い声を聞きながら感じた。

田舎からT君の母上も見えていた。

出席者のためにT君の子供の頃の写真や、大好きだったプロレスの雑誌も並べられ、偲ぶ会には似つかわしくない彼が好きだった派手な音楽が流れていた。

編集長だったT君の下で働いていた女性編集者が二人、思い出を話された。「本当に怖いというか、なぜこの人はこんなに小説が好きで、しかも妥協を許さないのかと夢にまで出て来て叱られました」

という主旨の話をされた。

重松清さん、中森明夫さん、平山夢明さんが若い頃からのT君の思い出を語られるのだが、どうしてこんなダサイ服を着てるのか、とか、なぜこんなにずっと熱いのか、とか、上京された母上の前で、こんなことを口にしていいのだろうか、と思われることを平気で口にし、それでいて出席した皆が笑い出し、母上までが、最後の挨拶で、

「皆さん、本当にヒデアキが迷惑をおかけして、でもあの癇癪持ちは亡くなった主人の血でして、私ではありません……」

と嬉しそうにおっしゃって、本当にこころのなごむひとときだった。

人間は棺を塞いで後に初めてその人のなしたことがわかると言うが、四十六歳で亡くなって、これほどいろんな人に惜しまれ、慕われる人はそういない。

一人酒は慣れているものの、いささか寂寥が漂う夜であった。
善い人から先に旅立つのは真実らしい。

いつも同じ夢を見る

東京の滞在が長くなると体調がおかしくなる。

私は体調を崩しても、医者にかからないし、薬も飲まない。部屋の電灯を消し、暗がりでひたすら休む。じっとして身体の中から疲れや悪いものを追い出す。

昼、夜、関係なしに、一時間でも、三十分でも目を閉じて横になる。

うつらうつらをくり返していると、夢を見る。その夢に必ず、東北一のバカ犬があらわれる。夢というものは妙である。

バカ犬が私の靴下を噛むと、痛ッ！　と思わず声を出す。指を噛んだまま振り回している。やめろ、と言っても聞かない。

「痛いからやめなさい。やめろっと言ってるだろう」

しかたなく犬の口に指を入れて噛んだ足を外すと、親指がない。私はあわてて犬の喉の奥に手を突っ込み、まさぐる。犬も必死で抵抗する。犬がむせる。私の手を噛む。それをくり返しているうちに、目が覚める。

暗い天井を見てつぶやく。

「あいつどうしてるだろうか……」

足の親指を確認しながら犬の顔を思い出す。

雨中、ゴルフをした。

レインウエアーを忘れてしまいずぶ濡れになった。

常宿に戻る車の中で悪寒。風邪か……。締切りもあったが、すぐに電灯を消して横になる。下着が濡れるまで汗を掻く。目覚めると風邪はだいたいどこかへ行ってしまっている。

汗を掻いている時の夢は、故郷の海で悪ガキたちと筏をこしらえて沖合いに漕ぎ出し、そこで大きな波が来て、筏がひっくり返るシーンになる。

五人の少年が筏に乗り、それが見事に半回転して海に放り出される。皆十二、三歳である。一人決ってなかなか水面に出て来ない悪ガキがいて、そいつがいないと残りの四人が大騒ぎし、何度も潜って探す。もうこれ以上時間が過ぎると、あいつが死んでしまう、と皆が必死で海中を探す。妙な話だが海中で名前を呼んでいる。

皆が落胆しかけた時、

「エヘヘヘッ、びっくりしたかよ」

とそいつが顔を出す。

残る四人が泣いているのをそいつが見て、また笑う。

腹が立つが、涙がとまらない。

それにしても、なぜ同じシチュエーションの夢を何十年も見続けるのだろうか。

これだけつき合いが長いと、夢とわかっているのに、また海中で友を探している自分がいる。

小説でも、エッセイでも、書くことがなくなると夢の話を書き出すものらしい。

漱石の『夢十夜』とて、そうかもしれない。

あと小説のストーリーが行き詰まると、大事な人に死んでもらうか、あとは火事を起こして、一度、焼け野原にして、次の話の展開を考えるらしい。

山本周五郎の『さぶ』の小伝馬町《こでんまちょう》だか、小石川の火事は、それだったのか。違うか。『五瓣《ごべん》の椿』を読むと、周五郎は火事が元々好きなのかもしれない。

井伏鱒二は随筆を書く時、その日は一日自室に居たのに、平然と釣りに出かけた話を書くと聞いた。

私は釣りをしないので、そういうわけにはいかない。

武者小路実篤だと思ったが、

「作家というものは山手線に乗って一周すれば、それでもう物語のふたつやみっつは着想するものです。そうじゃなくちゃ作家なんてできませんから」

そう言っていた実篤が、晩年、色紙を二枚書かないと夕食を食べさせてもらえなかったって話があるが、本当かね。

アナウンサーの徳光和夫さんが、現役の野球アナの当時、神宮球場の近くに、飛び切り美味《おい》しい蕎麦屋を見つけた。すると蕎麦屋の調理場に長嶋監督のブロマイドがピンで止めてあるのが目に止まった。徳さん、嬉しかったらしい。

数日後、長嶋監督に徳光さんが、監督はたしかお蕎麦がお好きでしたよね？　と訊いた。

ハイ、ハイハイ、大好きですよ、と笑って蕎麦をすする仕草をなすった。それで神宮球場の近くに美味しい蕎麦屋があり、ぜひご案内したいと申し出た。イイデスネ、ソバは大好きですよ。なかなかスケジュールが合わなかったが、ようやくその年の秋、ペナントレース後半に監督を店にお連れした。店の主人も数日前から眠むれなかった。いろいろ話してオロシ蕎麦をおすすめしようとなった。

当日、店へ、天下の長嶋茂雄ジャイアンツ監督が入って来た。店の主人はもう泣きそうだった。

「いい店だね、トクさん」

「はい。監督、私、オロシがおすすめですが、何になさいますか」

「はい。ボク、カツドン」

「…………」

「ゲームの前はカツドンでしょう、トクさん」

書くことがなかったからって、叱られてしまうかナ。

いつかは笑い話になる

この数日、手書きの字を書かされることが続いた。

筆、墨を使う時は、早朝にはじめる。

理由はいろいろあるが、朝一番の水で墨を磨《す》るのが、私は好きである。

墨の匂いというものは、どこか浄化作用のようなものがある気がする。

何文字かを新聞紙に書いてから、頃合いを見て半紙なり、特製の和紙に書く。

新聞紙に書くのは、子供の頃に、新聞紙が真っ黒になるまで書かされたからだ。書かされたというのは、母が私の習字の先生で、数年、教えられた。その折、新聞紙が半紙がわりだった。あの頃、新聞紙というのは貴重だった。何か物を包むのにも使っていたし、ヒビ割れたガラスに新聞紙を花形に切って糊でつけ修繕し、それで大丈夫だった。

テープというものが一般家庭にはまだなかった。父親の道具が仕舞われてあった納戸へ入ると、黒いテープがあったが、それは高価で、管の水洩れなどを防ぐ折に巻き付けたりしていた。

習字に半紙を使うには、半紙が高価であった。ともかく新聞紙が真っ黒になるまで書いて、周囲の余白に、一、二、三……から自分の名前を書いた。それを最後に母に持って行くと、じっと真っ黒の新聞紙を見て、

「遊び半分で書いてはダメです。グルグルとマルばかりを書いたでしょう」と言われ、また一からやらされた。

なぜわかったのかと思いつつ、また真っ黒になるまで書いて、ようやく許しをもらうと外へ飛び出した。ところが腕のそこいらに墨が付いていて、垂れた鼻水を、その腕で拭おうものなら、鼻先が黒くなり、皆から笑われたりした。

習字を何年やらされたかは失念したが、お蔭で大人になって筆を使う時、すんなり文字が書けるようになっていた。今は有難く思っているが、嫌で嫌でしようがなかった記憶は消えないから妙なものだ。

先日、大学の野球部の同期のA野と銀座で食事をした。

A野は大学を卒業して、保険会社に勤め、長く秘書室長をしていた。銀座に有名な画廊を持つ会社で、そこで以前、私の展覧会があり、その折に再会した。

私は野球部を途中で退めているのでOBではないが、気にせず接してくれた。

食事をしたのは、私の事務所の女性が二人とも子供を産むことになったので、次の女性を探すのに、A野のことを思い出したからだ。これまで何人かの女性に働いてもらったが、若くして入って来て、仕事を覚えた頃に結婚し、結婚するとすぐに子供ができる。それで退社になる。彼女たちのご主人の転勤で退社するケースもあるが、事務所に来て、結婚、妊娠のケースが一番多い。もう十人くらいは産まれたんじゃないかしら。

目出度いことだが、仕事を覚えると居なくなるのは少々困まりものではあった。

たいがいは後任を決めてから退社するが、今回はそういかない事情があった。

そこで秘書室長のA野なら、そういう女性を知っていようと相談した。

快く引き受けてくれたが、彼の推薦する女性は来年の三月からなら働けるという。

「その間、私がやろうか?」

A野は函南町に住んでいて、普段は町のボランティアの仕事をしているらしい。

「いや、男が電話に出ると相手が驚く」

「そうかな。慣れればそうでもなかろう」

A野は、野球はコントロールが抜群の投手で繊細な性格だが、東京育ちの鷹揚なところがあるように私は感じていた。

ともかく一度、事務所に来てもらい、事務所の女性から仕事の内容を聞いてもらった。

その後で銀座で食事になった。

その夜、A野は下の娘さんに第二子が誕生する予定で、何度か携帯を覗《のぞ》いていた。

二人の話題はどうしても学生時代の野球部での話になる。

「それにしてもよく殴られたな。でも今考えると、あの年頃に、理不尽に殴られたことが良かったと思うよ」

A野の言葉に私もうなずいた。

「しかしおまえはいくら殴られても平気にしてたな。どうしてだ？」

「いや、私も怖かったし、痛かったよ。暴力はいかんが、他人に殴られたことは私も良かったと思うよ」

どんなに辛くて、痛いことも、黒い鼻先を笑われたことも、過ぎてしまえば笑い話でしかないところに、時間というものの大きさがあるのだろう。

本を読みなさい

週末の日曜日、一人で湯島の天神下にあるT久へ飯を食べに出かけた。

若い客が多かった。

この頃、馴染みの店へ寄って気付くのだが、若い人の姿をよく見かける。

皆礼儀正しい。隣りの客が、ニューヨークヤンキースの帽子を被ったままおでんを食べている。

——コラコラ、飯屋じゃ帽子を取れ。

客にも礼節を口にする主人のマーチャンが何も言おうとしない。

——どうしてだ？

帽子の若者は二人連れで、話しはじめると、どうやら日本人ではない。

中国語だ。

ここ一年の中国人観光客の多さは驚くほどだ。夕暮れ、ナカ（銀座）に入って中央通りをタクシーの窓から見ると、五十人いる人間の四十七、八人が中国人である。

これだけ国境問題、戦争責任でもめている相手国の人間が、平然と銀座通りのブランドショップや免税店の前で大声で何かを叫んでいるのにはビックリする。話しているのではなく叫んでいると書いたのは、彼等の話し方はとてもじゃないが、話しているとは思えないのだ。それでいて中国のお偉いさんは、日本人は野蛮人くらいに思っているのが多いらしい。

国力が増すと、それは大衆にも感染する。

今の銀座の、買い出しに来た中国人の姿は、バブルの時代の、パリの大通りのブランド店の前にたむろした日本人女性とまったく同じである。

〝人の振り見て我が振り直せ〟と言うが、言葉が通じないのだから、直しようがない。

中国でもそのうち（またたく間にと変えてもいいが）大人も子供もスマートフォンを手にして、バカな時間を使う輩が、全体の五割以上になるのだろう。

今、テレビを見ていると、スマートフォンのゲームの宣伝がどんどん増えている。そのCMがどんどんエスカレートしている。見ていて何のことやらわからないが、一目見て何のことか理解できる輩がいるから、あの宣伝を流すのである。

私にはわからない。

何がわからないのかと言うと、あのゲームをした結果、何があるのかがわからないのである。

何か、誰かのためになるのか。

いや少し話を品がないものにして、ゲームをする人間のために何かがあるのか。

——達成感がありますか？

そりゃ何の達成感だよ。

気持ちがイイ、なんてことは人間は誰しも嫌いじゃないし、人類や生物が存続してきたのは、その気持ちがイイ、がＤＮＡに組み込まれていたから、今日まで存続しているのである。たとえばセックスのことだ。しかしセックスを電車の中でやり続ける人間は、これまでどこにもいない。ましてや子供に、気持ちがイイ、なんてことを味わわせたら、そりゃやり続けるに決っている。

ところがよくよく見ると二十代、三十代の男が平然とそれを夢中でやっている。

ゲーム機が悪いとは言わない。より面白いものを開発する途上で、人に役立つものも生まれるのが創造物である。

使う方、使わせる側、遊ぶ方、遊ばせる側が、きちんと規制しないと、ガキは面白ければ、それしかやろうとしない人種である。

私の世代は、漫画、コミックが世に出はじめた時代で、〝マンガ亡国論〟まで言う学者があらわれ、大勢の大人が同調した。

しかし私は、大人は何をバカなことを言っているのだ、と思った。

なぜなら、マンガの中には、友情や、懸命に生きる人間の姿勢が見えるものがたくさんあったからである。

今のゲーム機の中に、そういうものがあるのか。あれば幸いであるが、まさかパチンコでフィーバーした時の達成感と同種のものであるのなら、それは少し待ちたまえ、というのが私の考えである。

私は小説家であるから、本を読みなさい、と言う。しかし私はガキの頃、本を読んで何が面白いの、と思った。それでも読まないより、読んだ方が良かったと、かなり先になって感じた。そういうことが今のゲームにはあるのか。そこを誰か教えてくれぬか。

また一人いい女がいなくなった

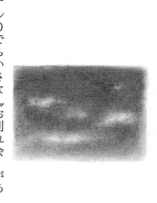

一月も終ろうかという或る日の午後、虎ノ門にあるホテルOでちいさな〝お別れ会〟があった。

作家で、作詞家で、かつては夜の銀座で〝不夜城〟と呼ばれたクラブ〝姫〟のママであった山口洋子さんのお別れの会である。

ちいさなと書いたが、数千人の葬儀と比べてということで、出席者の顔触れはたいしたものだった。

なにしろ小説でも、作詞でも、豪華な花を咲かせた女性であるから、各出版社の社長とレコード会社、音楽制作会社のお歴々が発起人となった。当然、トップの人たちは出席なさるが、それ以上に、洋子ママ（私はそう呼んでいたので）がコラムの連載を持っていたスポーツ新聞の代々の担当者や、編集担当者、レコード会社の社員、録音スタジオの職人さんたちが出席していた。

現場に好かれる人であった。

そのことはつき合っていてもよくわかったし、男たちが頼りにしてしまう女性であったのだ。

体調が思わしくない作家の野坂昭如《あきゆき》さんが元編集者に代読を依頼した弔辞の中で、「一度としてクラブ〝姫〟で金を払った記憶がない。別に今、物忘れをしているのではなく、支払った記憶がないのは、やはりあなた（洋子ママ）がご馳走してくれていたのだ」

おそらくそんなふうに当時、銀座で一番のクラブでご馳走になった作家、画家、イラストレーター、若い遊び人は数知れずいたはずである。

野球が好きな人であった。毎年、春のキャンプを訪ねてコラムを書くのが愉しみで、特別な阪神ファンだった。〝アンチ〟という姿勢を潔しと考える人でもあった。

だから会場には、古葉竹識《こばたけし》元広島カープ監督をはじめとして、衣笠祥雄《きぬがささちお》、江夏豊、星野仙一、山本浩二、田淵幸一、高橋慶彦《よしひこ》、小早川毅彦《たけひこ》……それらの野球人を代表して弔辞を読まれたのは権藤《ごんどう》博元横浜ベイスターズ監督であった。五十年の交際であったという。こころのこもった弔辞だった。

私は洋子ママからこんな話を聞いたことがある。

「阪神の小山正明投手はマウンドに上がる時も下りてベンチに戻って来る時も、一度も走ったことがないのよ。いつも同じ姿勢でゆっくりと歩くんだね。これがいかにも古武士のようでわし（彼女は時折、自分のことをそう呼んだ）は好きだったな」

元横綱、北の富士こと先代の九重親方の姿もあった。NHKの大相撲の解説者として親方の話は実にわかり易いし、聞いていて気持ちがいい。銀座で本気で遊び、身銭を切って銀座の酒を飲んだ横綱はあとにも先にもこの人だけであろう。挨拶に行くと丁寧に返された。

〝お別れの会〟の最初の挨拶をして欲しいと会の幹事に前日になって言われた。

——そりゃ困まる。

と昔なら断わったが、こちらが受けて物事が上手く行くなら、わかりました、という人間になってしまっている。

弔辞を、と言われたが、私はそういうのができないので、

「洋子さんの口癖だった、㊌《マルイ》（私のこと）今夜はパァーと行こう。パァーとに従って、真昼でありますが、パァーと行って下さい」とだけ話して席を下りた。

次が権藤さん。次が入院中の平尾昌晃《まさあき》さんの弔辞を中条きよしさんが代読。野坂昭如さんの弔辞を元編集者のMさんが代読。そうして最後に歌手の五木ひろしさんが、翌月発売になる作詞、山口洋子の〝渚の女〟という新曲を献歌した。

川淵チェアマンとも久々に逢って話をし、カルーセル麻紀さんとも談笑し、酒場〝吉野〟のママとも挨拶した。

皆ひさしぶりだったが、何より驚いたのは一人の白髪の男を見た時だった。

「シズカちゃん、元気と?」

その九州訛《なま》りと声質で、

「もしかしてあなたは〝ドンキホーテ〟のSさん? 嘘だろう。死んだんじゃないの?」

「殺さんといてくれよ。三種類の癌を患《わずら》っても生還して、今は三癌王と呼ばれとるとよ」

「いや懐かしいね」

しばらく勘九郎(勘三郎が正確だが)のことをずっと話した。

会場をあちこち挨拶して回るマネージャーのS浦さんの背中を見て、男たちが夢中になる女性だったのだとつくづく思いながら、S浦さんはさぞ淋しいだろうと思った。

N会長もまだお元気で、妹さん夫婦も踏ん張っていた。

一足早く引き揚げて、六本木の長寿庵でカレー南蛮うどんを食べながら、昔、飯倉《いいくら》にあった洋子ママ経営の〝ポスト〟という喫茶店で美味しいドライカレーをご馳走になったのを思い出した。

「㊉《マルイ》よ。男はオイ！　女はハイだろうよ」

女振りのいい女性がまた一人いなくなった。

第三章
私は黙っていた

守りたいもの

島影が春の陽差しに霞んでいる。

点在するいくつもの島々も、海の青にまぎれて淡く揺れている。

「空気が澄んだ日なら瀬戸内海のむこうに、広島、山口県も見えるんですよ」

休日の日にわざわざ出て来てくれたキャディーさんが教えてくれた。

四国、松山の標高五百メートルの山腹にあるゴルフコースから眼下の海景を見ていた。

三年振りに松山を訪れた。

二〇一三年の秋、松山出身の文学者、正岡子規の生涯をテーマに書いた小説が出版された。『ノボさん―小説正岡子規と夏目漱石』というものだ。テーマが地味だし、出版することさえためらった。担当編集者が苦労して、曖昧だった小説をてこ入れしてくれた。思わぬ

ことで、これがよく売れた。十数年掛けて書いたものだから嬉しかった。聞けば子規の地元である松山の人がよく読んで下さったと言う。そんな折に、松山の〝子規記念博物館〟で少し話をしてもらえないかと依頼が来た。

話ならいいが、講演はできない。まあその中間くらいで願います、との上手い誘いと、お礼の気持ちもあって松山へ行った。

当日は一年に一度の大きな競輪の大会が名古屋であった。〝競輪ダービー〟である。

今はギャンブルも、昔のように、バカみたいに打つ、こともなくなっているが、それでも関東と関西のスポーツ新聞にそれぞれ予想をしていて（文学者ぽくないでしょう）、いつもなら楽に本命、対抗、◎、○、△とか予想するのだが、今回のダービーはいつもと違っていた。

二〇一三年の暮れに、競輪選手の二十名ほどが、それまで所属していた選手会を脱退すると宣言した。発表の手順もまずかったが何より自分たちの決意、意志を伝える方法論に不手際があった。プロスポーツ選手によくある一途《いちず》故の周囲が見えない典型になった。唆《そそのか》した者もあると聞いたが、そんなことはどうでもよろしい。大人の男が物事をすすめる時は十分に配慮しても抜けがある。事の重大さに気付き彼等はすぐに選手会に陳謝した。頓首である。

憤った先輩たちは全員除名とまで意見が出たが、大人の判断で出場自粛とした。ところがこれが予期したより重い処分だった。最長一年の出場自粛は、勿論、収入も断たれるが、選手生命を脅かす。しかも宣言した選手は大相撲にたとえれば白鵬以下、役力士、前頭上位の中の七割の力士と同じ人気、実力がある選手である。興行として成り立たなくなる。その上競輪の売上げは全盛期の三分の一までに減少し、毎年、どこかの競輪場が消滅している。

あの選手たちの一人も引退させたくない。競輪を消滅させたくない。それが私の願いであり、何とかならぬのかと、こんな頭と身体でよければどこにでも下げに行きたい気持ちだ。

競輪選手は他のプロスポーツ選手に比べると純粋で、少年のごとき若者、ベテランが多い。処分を受けた選手はその中でもきわだって良い男たちである。福島出身の選手も大勢いる。彼等は練習のかたわら瓦礫の片付け、避難所の訪問とボランティア活動を人一倍やっていた。彼等は競輪の将来を考えて立ち上がろうとした。それでも誤ちはある。

日本競輪選手会の理事さん。どうか処分の軽減をしてもらえないだろうか。

前略　経済産業大臣殿

かねがね大臣の政治におけるビジョン、能力、人柄を私たち競輪ファンは大変評価し、応援しております。大臣はおそらくご存知ないでしょうが、競輪界において主力選手の処分騒動が起き、私たちファンはたいそう憂慮しています。私たちにとって競輪競走は汗水流して働いた後の唯一の楽しみであり、競輪場はやすらぎの場所です。そこで主力選手の姿が見られなくなるのは希望の灯を奪われるも同然です。処分を受ける選手の中には福島で被災したにもかかわらずボランティア活動に全力を賭した選手もいます。大臣の選挙区のすぐそばには宇都宮競輪場もございます。大臣が今回の件で力添え下されば八期目の戦いの折には競輪ファンはこぞって応援に駆けつけるでしょう。競輪ファンは恩を忘れないことで知られています。どうかよろしくお願いします。

競輪ファン一同

いきなり大臣が出て来て驚かれたろうが、競輪は経済産業省の管轄なんですな。

しかし競輪場がやすらぎの場所とは知らんかったナ。

「伊集院さん、そういう個人的なことにコラムを活用するのは違反でしょうが」

そう言いなさんな。私にとって、競輪ファンにとっては重大事なのだから。

「いや許しません」

「そこを君、許す力を持たなきゃ、大人の男になれませんよ」

おそらくたかだか作家一人がこう書いても、事態は動かぬかもしれない。それが世間というものである。それでもどうにかしてもらえないものか(しつこいね、私も)。

――それでもダメならどうするって。

私は許しません。

必ず帰って来るから

もうすぐ仙台の自宅の近くの沼に飛来していたハクチョウが、北へ帰って行く。

家人は、その飛翔を見るのを、毎年の楽しみにしている。

あの大震災の直後でさえ、ハクチョウは美しい飛翔で東北から、さらに北の地にむかって飛び去ったという。見た人にはまるで、

——必ず帰って来ますから、元気で……。

と告げているふうに映ったという。

家人は、最初、ハクチョウの北帰行を我家の真上、しかもかなり高度のある位置で飛ぶ白い鳥の、おそらく夫婦、番《つがい》であろう二羽の姿を見た時、タメ息が出たという。

私も一度、その飛翔を見た。

地球にはさまざまに美眺《びちょう》があるが、澄み渡った春の初めの青空に、真っ白な翼をひろげたハクチョウの〝渡り〟はかなり上等な美眺のひとつであろう。

タンチョウヅルは〝渡り〟が近づくと、日本で生まれ育てた子供のツルに対して、

「もうそばに来てはイケナイ。離れなさい」

と鋭く鳴いて追い払うというのを知った。

〝別れの鳴き〟と呼ぶらしい。

その様子をテレビで見たのだが、昨日までのように親にすがろうとする子供を、鋭く鳴いて追い払う。その時の子供の戸惑うような目がなんとも切なかったが、しばらく見ているうち、これが生きるという行為で、親がそうするのは、彼等が今日まで生き延びているすべてなのだとわかった。

見ていて切なくなる子供の、救いを求めるような眼差しは、人間社会で言えば、可哀相だ、になるのだが、ツルは平然とそれをする。

そうしなければ生きて行けないのだ。それが生きるということなのである。

以前、出版した本に〝別れる力〟というタイトルの本があったが、そこでは母馬と仔馬が別れるシーンを書いた。

姿が見えなくなった母馬を呼んで仔馬は一晩中いななき続ける。可哀相な声という人もあるが、立派な馬に育てるには必要なものであり、大きく、哀しくいなないた馬の方が立派に育つらしい。

そう考えると、今、一番ダメなのは、やはり人間だろう。

この頃、子供に対しても、ましてや可愛いと思う孫に対しても、厳しく接する親、祖父母が少なくなった。

子供を甘やかしても、ヤワがさらにヤワになるだけである。ヤワでわからねば、傍点の箇所のヤワに〝バカ〟を入れればよい。

子供というものは何ひとつわかっていないものだ。最初から行儀が良い子供なんぞいない。子供は自分がしたいことをしようとする。ましてや他人のことを思うことはない。人間だけではなく、生きものは本来そういう性質なのだ。それをひとつひとつわからせるには、辛抱強く躾けるしかない。躾けて初めて子供は理解する。

自主性？　バカを言ってはイケナイ。そんなものはすべてを教えてから、後のことだ。

今、孫に何かを残したい、と相続する準備をする祖父母が増えているらしい。

バカなことをしなさんナ。

そんなことをしても孫のためにならない。

国会で、孫への相続の法令が改正され、税金がやわらげられたと聞いた。国家挙げて、愚行を押し進める。

〝子孫のために美田を買わず〟なんて言葉は日本ではほぼ死語である。

一代で財を成した成金の社長の息子はまず八割方、アホであるし、その息子の子供は、なお仕末が悪くなる。

なぜか。どうやっても一人で生きることを教えようとしないからである。

斯《かく》して企業は三代目でつぶれるのだ。

社員はたまったものではない。それでも社会は平然と動いて行く。倒れるものがあるから新芽も出てくる。また一代の成金の起ち上がりである。

死を覚悟すると

八月の日曜日、渋谷で高校生が中心になって、安保法案への抗議デモを行なった。

このデモに大人、大学生も加わり、その数が五千人余だったという。大半は高校生だ。この日は猛暑で、制服を着た若者が汗だくになって、声を、拳を上げていた映像を見て、若者たちを頼もしく思った。

高校生が抗議デモに参加した報道は、私の記憶では、日米安保条約の延長に対するデモ以来ではないかと思う。

私がデモに参加したのも高校生の時で原水爆禁止の行進に加わった。広島までは歩かなかったが、やはり汗だくになった。

今、日本人の大半は、日本という国がかつてのように戦争、紛争に巻き込まれるのではないかという不安と、その法案があれよあれよというちに国会を通過して行く、国会議員に託したチカラの大きさに驚いているのではないかと思う。

私たちは三権分立というこの国の基本を学んだが、それが何なのかをもう一度確認しなくてはいけないのだろう。日本人の大半は、自分たちの暮らしとは別の世界に政治があると思っていたのではないか。

私はすでに六十歳を越えたが、まだ十分に働かなくてはならないし、この国の行く末に暗い雲が見えるようなものを残して去るつもりはない。

来年から十八歳以上の日本人に選挙権が与えられる。あらたに加わる選挙権を持つ人の数は二百四十万人である。私はこの法改正に対して少し疑問を抱いていた。彼等の政治に対する知識・意識が低いのではと思ったからだ。ところが渋谷で抗議デモをする若者を見て、彼等には十分、政治を判断するチカラがあると思った。いや、それ以上に、今の政治状況を変えることができるのは、彼等ではないかと感じた。

彼等なら、もう何年と国会議員の勝手で野放しになっている一票の格差、国会議員の定数是正という法に違反しているものもきちんとできるのではないか。

今回の安保法を含めて、七月の二十九日に名古屋で元衆議院議長の河野洋平氏が講演した。その内容が翌日の東京新聞に掲載された。以下はその抜粋である。

（安全保障関連法案）　安全保障は非常に大事だが、この法案が違憲じゃないかとの疑念が、憲法学者をはじめ多くの人から寄せられている。法案が合憲だという合意ができなかったら議論しても意味がない。政府は一度法案をひっこめ、みんなが基本的に合憲だと認める案の上に、安全保障政策を議論すべきだ。

私の思う日本の平和主義は、例えば非核三原則や武器輸出三原則といったもの。これらの中心に憲法九条がある。世界では、危険な地域で活動する日本人は少なくないが、そういう人たちを守ってきたのは、日本の平和主義。それをなぜやめるのか、私には理解できない。

（従軍慰安婦問題）　従軍慰安婦とされた女性たちは、総じて本人の意思に反し、甘言などでだまされ連れてこられた。慰安所に入れられた瞬間から帰ることができない。一日に何人もの相手をさせられ、拒否することができない。物理的ではなくても、強制的に、断ることができない状況で連れていく。河野談話を発表した当時の記者会見では、そういう広義の強制性を含む意味で強制連行と申し上げた。（中略）問題の本質は強制性の定義ではなく、女性たちにひどいことをしてしまったという人権問題だ。事実を認めて心から謝罪し、できるだけのことをするのが当然。「他の国でもあった」とか「たいしたことじゃない」などと、言えば言うほど、日本の誇りをどんどんおとしめてしまう。

この他にも、参議院の定数是正についても述べている。これほど理路整然とし、正統な日本語で語られた政治家の講演に感心した。

河野氏は政治家として盛りの時（総裁選出馬など）、肝臓疾患が見つかり、死を覚悟せねばならなかった。氏は家族からの生体肝移植で奇跡的に命をとりとめた。こういう経験は人間に生きる基本を見直させる。

私はこの講演録を若者にぜひ読んでみて欲しいと思う。是非は若者が決めればいい。

そう言えば、田舎の高校生はデモ行進から離れて、帰宅の途中で、お好み焼屋へ悪ガキと立ち寄って、補導の教師に見つかり、こっぴどく殴られたのを今思い出した。暴力反対！

男はやせ我慢

この数ヵ月、右手首の腱鞘炎《けんしょうえん》で、時折、顔をしかめるらしい。

当人はたいした痛みではないので、そのうち治るだろうと放っているのだが、手を動かした拍子に手首の筋か何かが神経を刺激するらしく、その瞬間にズキンとくる。

赤ちゃんを抱きっ放しの母親や、絶え間なく手首を動かさねばならない職人が患う痛みらしい。

たいがいは、ズキンとくる程度で、痛む患部を休ましていれば自然と治るという。しかしひどい人はお盆か何かを手で持ち上げた時にズキンときて、お盆ごと手から落ちたりするという。

私の場合、たしかに毎日原稿を書いている（手書きでしか書いていない）から職業病ではあ

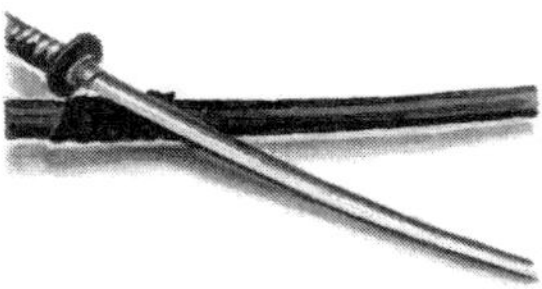

るが、痛んだ理由はゴルフのプレー中に地球を（地面でもいいが）思いっ切り引っぱたいたことが原因らしい。ダフリというやつである。私のゴルフはダッファーではないが、それでも、時折、ザクッと芝生の下の土まで打つことがある。

この痛みのせいで、この冬はゴルフを半分に減らした。冬期の方が芝も枯れて手首に負担がかかるし、痛みも激しい。

マッサージも、鍼《はり》も試したが治らない。

文筆業の友人のO嬢さんも同じ痛みに悩んだ時期があり、彼女は手術で完治したという。

「ほら腱鞘炎のショウという字は鞘《さや》という字でしょう。スジが鞘の中にちゃんとおさまってないから痛むんです。ですからスジがよく入るように削り取ってもらうんです。削ってもらったら、嘘みたいに痛みが消えました」

「本当に？」

「はい、本当です。ただし、この手術、細かくて手間がかかる割には保険の点数が低いらしくて大半の医師がやりたがらないんです。そこを強くお願いする必要があります」

何だか面倒くさそうだった。

動かさねば痛みはないのだから放っているが、何かの拍子にズキン、あっ痛《いて》……くらい口にすることがある。

私は男が「痛い」と口にすることを恥と考えて生きてきた。父にそう教わった。十二、三歳から今日まで、痛い、と口にしたことはなかった。それがこの頃、痛そうな顔をするらしい。

——ヤワになったものである。

少年の時、虫歯も麻酔ナシで抜いた。父が歯医者にそうして欲しいと言った。そうすれば歯を大切にすると考えたのか。真意はわからない。痛い、と言わないのだから、腕が抜けた時も真っ赤な顔をして汗を垂らしていた。野球で硬式ボールが身体に当たっても平気にしていた。メジャーリーガーで感心するのは、デッドボールだろうが、守備での打撲だろうが、決して痛そうにしない。ところが日本のプロ野球はスター選手ほど痛がる。デッドボールの折の態度で選手の胆《きも》の大小がよくわかる。

昔、広島カープの衣笠祥雄選手が、守備か打撃でボールが腕だか腹に当たった選手がベンチで顔をしかめていると、

「オイ××、ボールが顔に当たったんじゃないだろう。痛そうな顔をするな」

私はこの逸話が好きだ。

湘南に住んでいる頃、知人のトビの兄貴が真夏に家の前を騒音を上げて走り抜ける暴走族に頭に来て、丸太一本手にして道路の中央に上半身裸で仁王立ちでむかえたという。ガチャン、ボコドラと音がしばらくして、弟分が兄貴の様子を見に行くと、耳は半分切れ、顔はボコボコで、上半身に彫った鯉に金太郎が真っ赤に血塗られていた。

「兄貴、大変だ、医者へ行こう」

「大変なのは道で寝てる連中だ。こんなもんは屁でもねぇ」

二十数年前、鮨屋で食べた鯖だかイカに当たって腹の中がえらく痛んだ。アニサキスである。すでに二度目だったから一人で夜中に救急病院へ行った。看護婦がまず出て来て、

「どうしました？」

「どうやらアニサキスらしい。たぶんこの痛みはそうだろうから、よろしく」

「あなた何を言ってるの。アニサキスの痛みは出産の痛みくらい激しいんですよ」

私は腹をおさえつつ言った。

「わしに出産の痛みがわかるわけないだろう」

痛みは千差万別だが、大人の男はたいがいの痛みは我慢できるようになっている。

春は別れだけの季節ではない

上京している時は、仙台の家へ連絡を入れることはほとんどない。犬の具合いが悪いとか、震災被害での修復工事で職人、男手が家に入っている時などは様子を訊くが、その他はまずない。

基本としては、便りがない、報せがないことが無事、元気な証しとしている。大人の男がいったん家を出たら、生きて戻らぬことは世間ではままあることだと私は考えている。毎朝、新聞を開けば、思わぬ事故や災害に巻き込まれた記事が日常のごとく掲載されているのだから、それが他人事と考える方がおかしいのである。他人事と考えるのは女、子供でいい。大人の男はいつも覚悟して外を歩くものであり、仕事場に立つものだ。

だから私は、家長が家に居る時は普段から大切にせよと言っているのだ。

少し厳しいのでは？

何を言う。厳しい大人がいないから、子供がスマホを何時間もいじくるのである。

「スマホやめるか、大学やめるか」と言った信州大学の学長は、正しいスピーチをしたのである。皆が賛成したり、ひとつのものに集中する拠《ところ》には、必ず、落し穴と誤ちがある。

太平洋戦争を、あれは軍部のひとかたまりがはじめたと今の日本人が考えていたらこの国は大きな間違いをしていることになる。日本人の大半が、戦争を善し（やむなしは一番いい加減な肯定である）としたのだ。昭和の紀元節で日本人のほぼすべての人が、建国を祝い、自分たちにかなう敵国無し、と提灯をぶらさげて大騒ぎをしたのである。哀しいかな、訳もわからずそうした人々が大空襲、原爆で酷い死に方をした。

……話が逸れたナ。

仙台の家から連絡がある時もある。

先日、家人からの電話が鳴った。普段ないから、何かあったか、と繋いだ。

「どうしました？」

「仕事中ですよね。いや、それならいいわ」

「いや休憩中です。どうぞ」

「今朝イイコトがあって」

「わしのヘソクリの場所を突きとめたか？」

「そんなもんがあるの？」

「………」

「今朝、東の庭、台所から見える生け垣の内に木の枝で編んだアーチみたいなのがあって、そこに小鳥が、セキレイだと思うんですが、その枝を啄《つい》ばんでいたの。えっ！　小鳥が木を食べるの？　と見ていたら、そうじゃなくて小枝をほぐして口の中に一杯にためているの。もう頬より大きくなって……」

「ほう巣作りかね」

「そうなのよ。一生懸命で感心したの。それともうひとつ二階の雀の巣があった場所覚えてます？」

「ああ大雨で巣が流れた樋《とい》の所の巣だね」

「あそこへ仔雀がたくさんやって来て遊んでるの。帰って来たのね。ちゃんと覚えていて偉いなと思って、それで嬉しくなって」

「そうか、そりゃ良かったね」

電話を切って、しばらくその鳥たちの姿を想像していた。

遠い日、母が私たち六人の子供を表で呼んで、皆が集まると、玄関の樋を指さした。下の妹が大声で、あっツバメだ、と叫んだ。皆、ホントだツバメだ、今年も帰って来たのね、と口々に半分朽ちかけた巣にとまっている美しい羽の燕を見上げた。

「偉いわね。ちゃんと覚えていて帰って来たのね。台湾からかしら……。遠い旅ご苦労さん」と母は頭を下げた。子供もそうした。

母に言わせると燕が家に帰った年は良いことがある年だったそうである。

「あなたが生まれた年も燕は帰って来たわ」

朝から燕は懸命に巣作りをし、やがて母鳥が巣に籠《こ》もり、黄色い声とともに数羽の仔鳥があらわれた。父、母鳥は懸命に餌を運ぶ。見ていて倒れないかと思うほどだった。巣立ち、そして秋の初めに〝渡り〟と呼ばれる大移動をはじめる。翌年の春、鳥たちは生まれた街、家に帰って来るのである。

春は別れのシーズンだけではないのだ。

双葉《ふたば》郡広野《ひろの》町で〝ふたば未来学園高等学校〟の新入生百五十二人の入学式があった。尽力した人たちに敬意を表したい。ようやく開校になったが、これからだ。人を育てるということは生涯を見守ることである。

ＮＨＫの「ニュースウオッチ９」の大越《おおこし》健介氏が番組を終えた。私は彼の贔屓であった。大学野球の後輩ということもあるが、それ以上に、今のテレビのキャスターには珍しく、語り口に情緒、信念が感じられた。ニュースの真実を探ろうと、井上あさひさん、廣瀬智美さんと信頼できる時間を作っていた。それが聞けないのはまことに残念だ。

私は黙っていた

　もう何度か、さまざまなところで書いたことなのだが、元日の朝の空が、まぶしい青空である印象が強いのは、なぜだろうか。

　少年の頃の元旦の空を思い起こしてみても、仰ぎ見た空は青く透きとおっていて、見つめていると青空に吸いこまれそうな気がしたものだ。日の丸の旗の白色と赤色、旗の先の国旗玉の黄金色、門松の竹と松の葉の緑がまぶしかった。

　大人になってから、そんなふうに何もかもがまぶしくかがやいていたように思えるのは、正月、元旦があらたな年の出発のせいもあるのではと思っていた。元日とはいえ、冬の一日にすぎない。雪の日、霙《みぞれ》の日、雨の日があってもおかしくないし、そんな厳しい天候の元旦はあったはずである。ところが、私の周囲で（まあ関東以西ではあるが）、元旦の青空のこと

いことが多い。つまらないことが多い

を尋ねると、半分以上の確率で、皆が、

「そうだよな、元旦の空はなぜだか青く澄んでいたよな」

と応える。

気象庁あたりに問えばよいのだろうが、それは確率の話になって、つまらないことが多い
に決っている。

私は気象予報士と女子アナウンサーが好きではない。気象予報士は、昨日までただの人だった輩が、あたかも気象の何もかもがわかったように話す。しかも明日の天候が悪いと説明する時などは、私に取材やゴルフの予定が入っていると、

——こいつが天候を悪くしてるんじゃないのか？

という気持ちになる。

アナウンサーは、女性だけではなく、男もどうも性が合わぬ輩が多い。

この手の話を書くと、まだ元気な田舎の母親から必ず電話があり、叱責される。

「その人にも親があり、祖父母の方がいらっしゃるでしょう」

たしかにそうだと反省はする。

私は二十年近く前に、家内と一緒になることになり、周囲に言われて、結婚の取材会見までした。

私に言わせれば、広い世間で、中年を過ぎた一人の男と女が結婚をするだけの話だから、わざわざ記者会見まですることもなかろうと思った。ところが相手は売れている女優で、所属している芸能プロダクションも、両手を挙げて賛成などするわけがない。大小は別にして金の成る木である。

私は、これは礼をつくし、挨拶に行くのが世間の筋と思って、男前ではあるが、やはり怖い芸能プロの社長に、嫁に貰いたいが、仕事は続けてもらってかまいませんからと、半分頭を下げる姿勢で挨拶へ行った。相手もさすがの人で、笑って、しあわせにしてやって下さい、と応えてくれた。

私も、芸能界の仕事をしていたから、二度も女優を嫁にすることが、男としてどれだけせんないことになるかはわかっていたが、今の家人の両親から、あなたしか娘がダメだと言うんだから、そうしてやってくれと言われた、と記憶している（家人との見解は違うが）。まあそんなことはどうでもよろしい。

そうして一緒になった。新聞、テレビでも私たちの結婚を報じた。見ていていい気持ちがするわけはない。

ところが、或るニュース番組のキャスターが、番組が終ろうとする時、こう言った。

「ええ……、どうでもいいことですが、作家の伊集院静と女優の○○○○さんが結婚をしたそうです」

私はこのシーンを見ていなかった。

田舎で父親がそのテレビを見ていた。

その夜、父親は私に連絡をつけるように姉や妹に命じた。

翌朝、私は父親に連絡した。用件はすでに理解しており、父が受話器のむこうで低い声で言った。

「おまえは昨晩の、ニュース番組を見たか」

「今朝、知りまして……」

「そうか。どうでもいいことはどういうことだ。互いに親もあり親戚もあることは、あのチンピラは知っていて話しているのか」

「………」

私は黙っていた。

「おまえがしかるべきことをやらねば、わしがすぐに上京して、やる」

「いや、私が必ずおやじさんが納得するようにします」

「本当だな？」

「はい」

父はすでに死んでいる。記憶力のいい人だったから、何もしなかった息子に呆《あ》きれて、死んだのだろう。

テレビの報道というのは、人間一人のことなどどうでもいいところがある。

だが私はあのキャスターの一言を忘れたことなど一日もない。生きて出逢えば必ずそれなりの行動をするだろう。大人げない？　大人が何だって言うんだ。こういうことを忘れないで生きる人間でありたいと今も思っている。

正月そうそう、こんな話で……。でもそれが私である。

逢えて本当に良かった

秋になると文壇ゴルフというゴルフのコンペッションが、私たち作家にある。

文壇とは、文筆活動をしている人たちの集まりである。絵描きが集まれば画壇。俳句をする者なら俳壇。しかしこの壇という表現はほとんど死語に近い。

以前、作家が集まる酒場を〝文壇バー〟と呼んだ。その名残りの店が、銀座には一、二軒残っているが、名残りと呼ぶだけあって、名残り惜しいママ、ホステスがいらっしゃる。

作家の仕事は、元々、家内作業が大半だから、その昔、作家の著作で飯を食べている出版社が、作家が家に籠ってばかりで身体を壊わされては困まると、外へ連れ出して身体を動かさせ、さらに働かせようと考えた？のか、作家たちにゴルフをさせようとした人がいた。ゴルフセットを買い与え、早朝作家宅へ担当者を乗せた迎車を行かせ、ゴルフコースへ連れ出

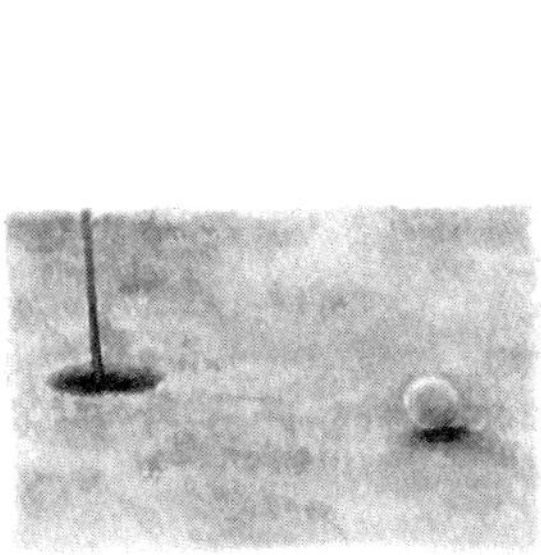

したのである。

作家はゴルフを好むか？

最初、半信半疑であったが、何人かの作家が、この奇妙な遊びに嵌《はま》った。

嵌った理由はいろいろあろうが、まずは野球・ラグビーのように団体スポーツではなく、個人で遊べた。作家なんてものは、好き勝手なことを書いて、それで飯食べようとするくらいだから、横着者が多い。横着ということは協調性がない。だから団体競技などできるわけがない。他人の言うことを聞きゃしないんだから……。

次にゴルフは結果（スコアー）というものが如実に出る。

作家の先生に同伴した出版社の担当者が報告する。

「□□先生、▲▲先生（□□先生のライバル）がハーフで60を出されたそうです」

「何？　あの野郎が60だと！　ヨォーシ、見てろよ、カキィーン」

何にしろ作家は負けず嫌いが多い。

本当かって？　嘘だとお思いなら、作家を数人、ひとつ檻《おり》に入れてみるといい。三十分もしないうちに全員ブスッとした顔をして壁の方をむいて腕組みをしてるから。

作家たちのこの性格がゴルフという遊びに熱中してしまうのに適していた。出版社の思惑は見事に嵌って、〝文壇ゴルフ〟などと言われるまでになった。

文壇ゴルフでは丹羽文雄氏の〝丹羽学校〟なるものが有名だった。丹羽先生は運動神経があったのだろう。五十歳でゴルフを覚え、たちまち上達して、エージシューター（自分の年齢以下のスコアーでラウンドすること）にまでなった。その丹羽の下に、ゴルフのマナーを修得するために作家先生はこぞって集合した。

ともかくプレーを早くする。だから余計な素振りをしない。大声を出さない。派手なウエアーは着ない……。

すでにひとかどの作家たちが、これを教わり、従ったというから丹羽学校は力があったのだろう。私が文壇ゴルフに参加した時は、当時の一番若い生徒さんがすでに長老だった。城山三郎、古山高麗雄《こまお》と言った人たちだ。プレーも迅速で、マナーも良かったのに感心した。

古山さんは大雨になるとスコアーが群を抜いて良くなった。

「雨、風にお強いんですね？」

「ええ、昔、南方戦線のジャングルの中で戦ってましたから……」

とゴルフクラブを銃のように持たれた。

皆プレーが早い。それが頼もしかった。

半村良さんなどはボールに近づいたと思ったら、もう打球音がしていた。記念写真を撮ろうと同伴する出版社のカメラマンが半村さんのショットするスナップをとうとう撮れなかったというほどである。

――早く打って、早く上がって、酒場だ。

私の文壇ゴルフのデビューは、城山三郎さんと一緒だった。

これほどの紳士に逢ったことはなかった。

どんな相手にも丁寧に対応される。

私が自己紹介し、最初のショットをすると目をぱちくりさせておっしゃった。

「打球が見えなかったけど、どこまで飛んで行ったの?」

「OBのマークをはるかに越えて大OBです」

「伊集院さん、ゴルフは続けた方がいいですよ。十年長生きしますから」

逢うたびにやさしい言葉をかけられた。

晩年、奥様を亡くされて、ひどく痩せられた城山さんをゴルフに誘った。

「いや、ひさしぶりのゴルフで嬉しいな」

3ホールプレーしたところで茶店の椅子に腰を下ろして、珍しくワインを頼まれた。ワイングラスを手に、最初にゴルフをした日のことや大平正芳総理との楽しいゴルフの話をしばしされた。

「いや、ゴルフに逢えて本当に良かった。私はここで終わります。あとは頑張って下さい。ハウスで待ってます」

あの日が城山さんの最後のゴルフだったのか。私はどんな最後になるのだろうか。

人間は順に生きていく

ひさしぶりに軽井沢へ出かけた。

終戦記念日、当日である。早朝、仙台を出て新幹線を大宮駅で乗り換えた。

電車が高崎の駅を出ると、車輌がやや上向きに傾いた。山の勾配である。新幹線が坂を上る感じを、こういうふうに身体で体感するのは初めてのような気がする。以前、在来線で軽井沢へむかうと、山の勾配で電車のスピードも落ち、今の季節なら線路沿いに紫陽花がひっそりと咲いているのを見たりした。

それにしても、駅も、電車の中も、ひどい混雑振りである。そりゃそうだ。日本中が盆休みなのだから。

夏休みの電車は子供が多いというのが私の印象だったが、今回は子供、赤児が少ない気がした。やはり少子化のせいなのだろうか。

公共の場所、電車の中などで赤児が激しく泣き出し、それを五月蠅《うるさ》く思う時の対処の仕方を、私は母から教わった。〝赤ちゃんは泣くのが仕事だから〟。これが母の言い方である。

その文章を読んだ私の友人が言った。

「いや、それでもこの頃の子供、赤児の躾はなっちゃいないよ」

「しかし赤児は躾のしようがないだろう」

「だから子供全般だよ。家庭の躾がいけないいんだよ」

私の母は電車や、人が集まるような場所で、火がついたように赤児が泣き出すと、いつも心配そうに、その赤児と母親を見た。

「どこか具合いでも悪いのかしら」

あんまりな時は、母、児に声をかけることもあった。

少年の私は母に訊いた。

「どうして他所の家の赤ちゃんまで気になるの?」

「それはね。赤ちゃんというものはまだ身体ができていないから、何かの拍子にどこか具合が悪くなるものなの。何もかも大丈夫だっていう赤ちゃんはいないのよ」

――ふぅ〜ん、そういうものか。

私も赤児の時、ゼンソク、ヒキツケが出て母と周囲の人を心配させたらしい。

「タダキ君（私の本名）、それに他所の家の赤ちゃんというのはいないの。赤ちゃんは皆の赤ちゃんなんだから」

――皆の赤ちゃん？　何だよ、それ。

ガキの頃は母の言ったことがわからなかったが、今はよく理解できる。

人間は順番で生きるものなのである。


軽井沢へは講演会で出かけた。

私は普段、講演はしない。話下手な上に、緊張してしまうせいか（本当ですから）、訳がわからない話をしてしまう。

軽井沢に暮らす人と休みの日に軽井沢で過ごす人の交流会があり、そこで話をして貰いたいと言われた。申し出が借金をしている出版社の秘書室からだったので、利息がわりとあきらめて引き受けた。

軽井沢の駅で出口を間違えると、蠅みたいに人がいた。

――何だ？　これは。

あとでアウトレットにやって来た人たちだとわかったが、私は汗だくでタクシーを待つ破目になり、こんな講演引き受けるんじゃなかったと思った。

それでもお洒落な木造の建物に入ると、少し気分も落ち着き、何とか話もできた。

私は講演をしている最中は聴いている人の顔はほとんど見ないが、今回は何の拍子だか人々を見ることができた。人生の歳月を重ねた方々が多かった。

二百人以上見えていると聞いていたから、この木造の建物の中に、一万四千歳が集合していることになる。講演の途中にそんなことを考えたら、話が滅茶苦茶になってしまった。

翌日、大浅間ゴルフクラブで講演の世話人の方とゴルフをした。ずいぶんとコースが綺麗になっていたので驚いた。

途中、雷雨が来て、ゴルフは中止になったが、世話人のA美さんがあきらめようとしないので、こういう人が建てる建築物は粘りがあるのだろうなと思った。

夕刻、かねてから念願だった元は銀座にあった鮨店、K納の店を訪ねた。

私はカウンターに狸や猿が座っているのではと心配していたが、そんなことはなく、以前より、落着いた接客で、これなら何とか暮らして行けるのだろうと安心した。

朴葉《ホオバ》の木というのもK納の庭先で見た。毎回、新幹線の始発に乗って築地へ仕入れに行くという。北陸の人間は辛抱がきくものだ。女将も若返った気がした。若返りの湯でもあるのかしら。三人でゴルフもした。

軽井沢を離れる夕刻、〝T間〟という蕎麦屋に連れて行ってもらった。美味かった。

電車で少し目を閉じて、目を開くと上野駅だった。

夢を見たような三日間だったが、一万四千歳がどういうことか、今もよくわからない。

そんな時代もあったけど

〝末は博士か、大臣か〞という言葉が、日本人の中できちんと活用されていた時代があった。

初めて聞く人に説明しておくが、幼少の頃に勉学がよくできる子供がいると、将来は立派な博士（学者でもよい）か、大臣（政治家）になるかもしれないですね、という誉め言葉の部類に入る言葉だ。

明治という時代にはこの言葉が活きて使われていた。明治の時代の象徴とも言える二人の文学者、夏目漱石、正岡子規も、その言葉を信じていたようだ。四国、伊予・松山から上京した子規も、当初は哲学を学び、帝国議会の議長になりたいと公言していた。実際、中学生の時、皆の前で国政に対する批判演説を得意気にしている。明治十九年、松山から上京した

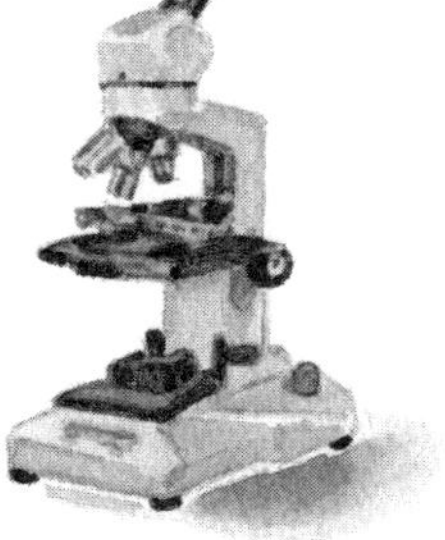

子規は帝国大学の哲学を専攻しようとする。しかし子規は同級生の中の一人、哲学をすでに能《よ》く学んでいる米山保三郎から、哲学は何ぞや、という講釈を聞き、その難解さに〝あしには哲学は無理ぞなもし〟とさっさと国文学の方へ進むことに決める。

子規には子供、若者の発想がいつも身体の中にあり、何にでも興味を抱き、次から次に夢が湧く人であった。長く小説家になりたいと念じていた。実際に小説も書いた。これが小説と呼べるかどうかはいささか疑問だが、この小説を最初に読まされたのが、帝国大学はじまって以来の秀才と呼ばれていた英文学専攻の夏目金之助、のちの夏目漱石である。漱石はこの小説を読んで、ありきたりな感想を述べただけで誉めたりはしなかった。この時、漱石は自分が小説を書く意志はなかった。ここが面白い。子規は、当時、小説家として名をなしていた幸田露伴にも見せ、出版したい旨を申し出るが、これもいろよい返事はもらえない。ようは面白い作品ではなかったのである。

子規は不満だった。ところがこれが後年、子規に偉業を成し遂げさせる。人生はわからないものだ。

漱石は帝大の予備門に通う頃にはすでに英語を好んで学び、外国人英語教師と立ち話をする場面を子規は見ている。まだ二人が知り合う前のことで松山の田舎書生は感心した。

「あれが当代一の秀才、夏目金之助ぞな」

二人は同じ趣味であった落語のことで言葉を交わすようになる。気難しい漱石と野球好きの子規はなぜか気が合った。

漱石と子規は帝大に入学し、漱石は英文科へ、子規は国文科へ進む。ところが子規は野球、俳句、短歌に夢中で大学の授業に興味がない。進級試験のたびに漱石は落第しそうな学友のために教授の宅まで追試験の要望に出むいたりする。ところが子規に進級、修学の気持ちがない。

「卒業しておけば国文の学士にはなれる。なっておいて損はなかろう」

漱石の言は嘘ではない。この時、国文科の生徒は二名しかいなかったのである。学者としての免許をもらえるようなものだった。

学者は一目置かれ、それなりの収入があったのだ。子規にはそれが見えなかった。

こんな昔のことをなぜ書いたか。

学者が偉い、それだけで暮らせるという時代がかつてあったのだ。

私の生家のある町に、学者の住む大きな家があった。学者は東京にいたから誰もその顔を見た人はいなかった。庭の掃除だかをする使用人を見るくらいだった。ガキの私も偉い人の住む家だから悪戯をしてはいけないと言われ、家の前を通る時は静かにした。

或る秋の日、その家からボヤが出て隣家に延焼した。たいした火事ではなかったが、騒ぎになった。延焼を被った家が父の知り合いだった。ところが話が何の拍子にかもつれはじめ、父の知人の家の火が学者の庭に延焼したという噂が出た。学者が憤っていると言う。父は、みじめな立場になった知人を連れ、警察へ掛け合いに行った。

埒《らち》が明かなかったらしい。

学者は偉いからである。

家に帰った父が何人かの近所の人、知人と何事かを相談していた。父の大声がした。

「学者というものは世間のことをまるで知らないのだ。何が学者だ、バカタレドモが。人をバカにしおって。わしは許さんぞ」

――へぇ〜、学者ってバカタレドモか。

子供の私はそう思い、今でも半分、それを信じている。仲のイイ父と子である。

小説家、文筆家を偉いと言う人がたまにいるが、そうでないことは、私が保証する。

第四章
生きるとは失うこと

母の手紙

何年かに一度、届いた郵便物の整理をすることがある。

仕事の事務連絡や案内状の類いは、必要に応じてすぐに処分をするが、差出人の気持ちが伝わってくる手紙、葉書などはそうはいかない。田舎の恩師、先輩……。家族、母親からの手紙などもそうである。

仙台の仕事場の抽き出しのひとつを、それらを仕舞うスペースにしているのが、半年、一年過ぎると、あふれ出す。

以前はそれを段ボールか何かに入れ替えていたが、それも十年、二十年経ち、数が増えると重荷になる。

この頃は三年に一度の割りで整理するが、それでも別れるのに惜しい書簡はある。

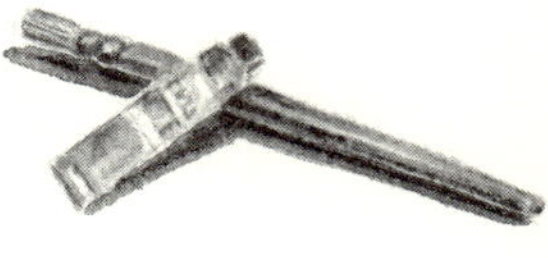

名前しか知らない一人の少年の手紙に励まされたこともあれば、九十歳を過ぎた女性の筆文字の手紙に頭が下がり、涙腺がゆるみそうになったものもある。

手紙というものは実に不思議なものだ。

まずはその人の書く文字の風情のようなものから何かときめくこともあれば、一見拙い文字に見えても、この人は一文字一文字を誠実に、丁寧に書いてくれているとわかると、読んでいる姿勢がかわることさえある。

私は、綺麗だとか、達筆だとか、そういう評判の文字を、イイと思ったことは一度もない。私は書道を母から学んだが、母が私に出す手紙はほとんどが鉛筆で書いたものであった。それも鉛筆の芯を舌先で舐めて、一行、一文字がバカな息子を少しでも良い方へ導こうと書かれていて、彼女の想いは十分過ぎるほど伝わってきた。

日本画壇のひとつの星であった熊谷守一の著作に『へたも絵のうち』というものがあり、私はこの言葉が好きだ。

先述した、綺麗、達筆は〝上手い〟のレベルである。〝上手い〟はつまらないものが多いのである。よく芸能人が絵を描き、××展入選などと新聞で紹介される記事を目にすることがあるが、バカも休み休みにしなさい、と私は思う。

〝上手《じようず》〟のレベルの絵は絵ではない。

まともなのはビートたけしの絵くらいで、あとは、君たちいい加減にしなさい、と引っぱたきたくなる。

いかにも上手いと言うのは、私たち小説の世界でも同じことが言えて、読む人が読めば上滑りしていることが見えてくる。

絵画も、小説もそうだが、創造の肝心は表面に見えるものではなく、ひとつの線、一行の文章に、作者の生きる姿勢、なぜそれを描（書）かねばならなかったかが、一線一文にあらわれてくるものだと私は考えている。

こう書くと、いかにも画家、小説家がたいしたことをしているように聞こえるが、そうではない。子供を育てる母親がしている行為はまさに、なぜこの子をきちんとした子供、若者、大人に育つようにしなくてはいけないかを考えることであり、なぜこの世に一人、個人が誕生したかに行き着くし、生の尊厳につながるのである。

手紙の話に戻そう。

手紙は気持ちを伝えようとした瞬間に、思ったことを文字にする方が良い。私はそれを歌手の井上陽水に学んだ。

その手紙は、私が彼と奥方の何年も遅れた結婚祝いのパーティーに出席した折、私の席が、彼が思うに末席過ぎたことへの詫び状と、出席への礼状だった。

その手紙の書き出しはこうあった。


誰かに聞いたのだと思うけど、手紙は出そうと思った瞬間出しなさい、とあったので、次の街にむかう新幹線であなたにこの手紙を書いています。先日は本当にありがとう。慣れないことで、あんな席に……。


イイでしょう。少し良過ぎるけど。

私が大学の野球部に在籍していた頃、私は右の肘を痛め、鈍痛で夜眠むれなく、二の腕にゴムを巻き付けて休んでいた。

私は、痛い、辛いを口にせずに十二、三歳から生きようと決め、そうしてきたが、野球部の寮にかかった母の電話で、おそらく泣き言をつい洩《も》らしたのだろう。

その折に届いたのが、母の手紙だ。

おまえさまが辛いと聞き、母は心配をしております。これまでの母の生きて来た道に何か間違いがあったのではとも思っています。それでもおまえさまが、こう生きたいと決めた道故に、どうぞ乗り越えて下さいませ。母は痛みがやわらぐことを祈っています。

これを読んでバカ息子は、いらぬことを口にするのではなかった。やはり男の子は泣き言を言ってはならぬと、性根の芯に刻み込んだのを今も覚えている。

メールも便利でよかろうが、手紙を人類から失くすと、人間というものが失なわれると私は考えている。

便利なものには毒がある。

手間がかかるものには良薬が隠れている。

不安な夜に思い出す

朝夕が冷えはじめた。

仙台に戻ると、暖炉に火が入っていた。

家の中の伝言板には、薪や、灯油の搬入日が記してある。

北は冬支度がはじまっているのだ。

山は紅葉の盛りである。

世間でさまざまなことが起きても、季節は確実にやってくる。

バカ犬の背骨の具合いが少し良いので、夜半も安心して仕事ができる。様子が悪いと、かたわらで休む犬の表情が違う。生きものは不安に敏感である。不安は当然、こちらにも伝わって切なくなる。

こういう時は、遠い日、父が口にしていた言葉をつぶやく。

「犬なのだから仕方がない」

我が家で飼っていた数匹の犬の一頭が近所の犬と喧嘩し、受けた傷がひどく化膿《かのう》し、衰弱していた時、妹が父に犬を病院に連れて行ってくれ、と頼んだ。当時、田舎に犬猫の病院などなかった。犬も猫も傷口を洗ってやるくらいで彼等の治癒能力で恢復するしかなかった。

涙ぐむ妹に母は言った。

「大丈夫よ。犬は自分で治せるようになっているの」

その会話を聞いていた弟が、母と妹のいないところで言った。

「兄ちゃん、本当に犬は自分で治すの？」

「そうだ。わしらでも同じじゃろう。少々の傷は洗っときゃ治る」

「でもシロは死んだよ（前年に傷の化膿で死んだ愛犬のこと）」

「…………」

私は何も答えられなかったが、父の言葉を思い出してぶっきら棒に言った。

「犬なんじゃからしようがないんだ」

生きて行くことは、時折、自分に何事かを言い聞かせなくてはならぬことがある。

今は平和な世の中になっているが、つい昨日まで、この国でも大半の人が言った。

「戦争なんだから仕方がない……」

人の物事に対する受け入れ方にはおそろしいところがある。

先日、T先生の結婚式へ出席した。

つい先頃まで、私はT先生のことを、T君と呼んでいた。

数ヵ月前、T君に訊きたいことがあり、病院へ連絡を入れると、T先生ですね、お待ち下さい、と医局の女性に言われた。その言葉の響きが自然で清々しかった。その瞬間、T君の年齢を数え、なぜ、これまでT君と呼んでいたのかと反省した。

台風が上陸している中の結婚式だった。

T先生は四十五歳で、G恵医大病院の眼科の優秀な先生だ（本当に優秀なんだナ）。新婦は同じ医局で働く三十二歳の女医さんである（女医さんは当たり前か）。

T先生は再婚で、新婦は初婚だった。可愛い花嫁で、二十代そこそこに映った（ヨイショ！　いや、本当に可愛い女性だった）。

新郎がある程度の年齢で、新婦が可憐で清純に見えると、私にはどうしても犯罪のように思える。

今から十数年前、T先生はパリに眼科の勉学のために長期留学をしていらした。それがT君の時代である。私はT君の父上（この方も医者だ）に世話になった。何代か前の総理大臣の主治医であった。父上と出逢った頃の私は生活が滅茶苦茶で、夜半、緊急で病院に運ばれる度に父上に連絡した。

T君とは私がパリへ取材に行くと食事をしたり、酒を飲んだ。

T君の言葉で好きなものがある。

「眼の難病を患った子供の中には視界の中の風景がひどく歪んで見える子供がいるんです。ボクは、自分の目に見えた美しいもの、感動したものを、その子供たちにも見えるようにしてあげたいんです」

医学にはこういうテーマがある。これが小説と根本が違う。

式の最後に驚く言葉を耳にした。

「今日まで何不自由なく私を育ててくれてお父さん、ママありがとう」

新婦が何の躊躇《ためら》いもなくおっしゃった。

何不自由なく育つということが本当にあるのだと、新婦のご両親に拍手を送りたかった。

子供の頃、母に姉の一人が悪態をついた。

「私は、こんな家の子に産んでくれって頼んだ覚えはないわ」

それを聞いていた私と弟は、凄いこと言うナ、と目を丸くして顔を見合わせた。私たちの背後でお手伝いの小夜がつぶやいた。

「同じことを大将（父のこと）の前でおっしゃればいいわ」

私と弟はうなずきながら小夜を見上げた。

目を覚ましたら仕事をする

少し前の話になるが、横浜の港の見える丘公園の中にある神奈川近代文学館に行った。〝生誕90年　黒岩重吾展〟が開催されており、それを見に出かけたのだが、当日、黒岩さんについて何か話して欲しいと文学館の方から依頼され、講演をした（実際は講演というほどのものではなかったのだが）。大勢の人が見えていて、話し辛かったが、生前の黒岩さんから教わったことを思い出すまま話をした。

怖い作家として有名だったが、私にはなぜかやさしく接して下さった。対談も何度かしていただいた。私はまだ若かった。

「黒岩さん。作家は正月はどう過ごしたらいいのでしょうか」

「バカモノ、作家に盆も正月もあるか。元旦だろうが、目を覚ましたら仕事をする。それが

作家だ」

「は、はい」（やさしくないか）

或る年の暮れ、九州・小倉で競輪ですってんてんになり、大阪までの電車賃しかなかった。仲間にバンザイとは言えない。

意を決して、電車の中から、西宮の苦楽園にある黒岩さんのご自宅に電話を入れた。

「すみません。伊集院静ですが、先生は今執筆中でしょうか」

奥さまが電話に出られた。

「あら、おひさしぶりですね。お元気にしててらっしゃいますか」

「は、はい。先生は執筆中ですね。失礼しました……」

「今、丁度一段落ついたはずです。少し待って下さいね」

——やはりまずかったかナ。

「どうしたのかね？」

事情を話した。するとすぐに言われた。

「食事はしたのかね」

「いや、それが、その」

「堂島の△△へまず行き腹をこしらえて、その後で北新地の××というクラブにいなさい。その時刻には行きます」

「すみません、飯代が……」

「わかっとる。黙って行けばいいんだ」

「は、はい」

クラブの隅の席で待っていると黒岩さんが入って来た。怒鳴られると思っていたらニコニコして言われた。

「どうしようもない奴《やつ》ちゃな。負けて帰ってくるとは」

一晩ご馳走になり、電車賃の入った封筒まで渡された。

黒岩さんが上京されると銀座のクラブに挨拶に出かけた。美人のホステスが隣りにいると機嫌はいいのだが、いつもこう言われた。

「君、きちんと書いてるんだろうね。今の年齢で死に物狂いで書かんとダメだぞ」

「は、はい」

お蔭でナマけずに済んだのかもしれない。

若い方には黒岩重吾なる作家がどんな作家であるのか知らぬ人もあろうから紹介する。

黒岩重吾は一九二四年大阪で生まれ、同志社大学在学中に学徒出陣し、満州で終戦を迎えた。命がけの敗走の末、帰国。戦後、株の方で財をなしていたが、或る時に株で大失敗をし莫大な借金をかかえ、その上全身麻痺の難病を患う。労働者の街、釜ヶ崎で貧困生活を送り、そこでさまざまな経験をし、持てる力をふりしぼり、作家になるべく投稿を重ね、一九六一年『背徳のメス』で直木賞を受賞する。以後、現代社会の暗部を鋭くとらえた作品を次から次に発表し、人気作家となる。さらに一九七〇年代になると古代を舞台とした歴史小説に踏み込み、これが大人気となり多くの読者を得た。二〇〇三年に亡くなるまで旺盛な執筆を続けた。

簡単に書けば以上だが、何が凄かったかと言うと、その執筆の量と質の高さである。その上、五十歳を過ぎて古代の歴史文学に挑戦し成功したことだ。この年齢で新境地に挑み新しい世界を築く例はほとんどなかった。

黒岩さんが若い時に過ごした土地が古代史の舞台であったのも運命だったのかもしれないが、私はやはり作家としての気力と責任感がこれを成し遂げさせたのだろうと思う。

古代歴史物は勿論のこと現代小説は今読んでも少しも色褪せない。ぜひ一読されたい。

講演が終った後、上京された秀子夫人、お嬢さん、お孫さんに、かつて黒岩さんの編集担当だった老人（失礼）たちと横浜、中華街で食事をした。夫人もお元気で安堵した。

「その節はいろいろお世話になりまして」

「いいえ、さぞ迷惑をおかけしたと……」

「いいえまったくそれはありません。今どうにか作家面して生きていられるのはすべて先生のお蔭です」

「そんなことはありません。主人はあなたの話をすると嬉しそうでした」

「…………」

私はただうなずき、老酒《ラオチュー》をあおった。

すぐ役に立つものを追うな

早朝、目覚めたので、仕事をはじめた。

大型連休、最後の日ですでに高速道路が混雑しはじめているとニュースが言う。どうして混むのがわかっていて、そこへ車でむかうのかよくわからない。

まあ、よくわからないのが世の常である。

リニアモーターカーというのが最高速度時速603キロを出したという。これを使うと東京から名古屋まで40分で行くと謳う。

どんな急ぐ用があって、名古屋まで40分で行かねばならぬのかがわからない。きしめんがのびてしまうのか、味噌煮込みが冷めるからか。

テレビのコマーシャルに通販の商品をやたら多く目にする。中でも太った女性が痩せるという機具が圧倒的に多い。最初、使用前の身体が登場する。見ていて、よくそんなになるまで食べたものだ、と驚くが、やがて使用後を見せられ、たいしてかわっていないのに、さらに驚いてしまう。

メジャーで活躍しているイチローの日米通算得点だかが話題になり、テレビのキャスターが「イチローさんは、時々、哲学的な話をなさいますから」と言った。

——今、何と言った?

彼がメジャーに行く前に対談をさせられたが、彼が、十、話しているうちの半分が何を言ってるのかわからなかった。それは彼の責任ではなく(少しはあるが)、高校球児は勉強せずに野球だけやってなさいというアホな指導者の責任である。その彼がメジャーへ行く前に急に日本語を勉強したとは思えない。

明治十九年、松山から上京した正岡子規は同級生の米山保三郎から哲学原論を聞き、驚嘆した。「哲学いうのはわけがわからんぞなもし。あしには手に負えん」とさっさと哲学の道をあきらめる。このわけがわからん、という意味で哲学的を使っていたとしたら、そのキャスターが、イチローさんは、時々、哲学的な話をする、というのはそう外れていない気もするが、哲学的という日本語はそういうことでは使わない。スポーツ紙に彼のコメントが大見出しで使われているのを一読する度に、いったい何人の人が彼の真意を理解するのだろうかと思ってしまう。

アメリカプロゴルフツアーに参戦している松山英樹が世界マッチプレー選手権でロリー・マキロイと対戦し、こてんぱんにやられた。今、敗れることは松山の将来に大きなものを与える。あとは言葉をしっかり覚えることだ。一人の男が仕事をしに行った土地の言葉をマスターすることは大人のツトメである。ゴルフ解説者は言葉を覚えればゴルフの上達に役立つと言う。だからこの連中はダメなのである。一人の大人の男が生きて行く土地の言葉を体得するのは義務である。たとえば目の前で見知らぬ老婆が倒れた時、彼女に、大丈夫ですかと尋ね、危ないと見れば、すぐに医者へ電話をするなり、助けを求めることができなければ、大人の男と言えまい。ゴルフだけをして大人の男が生きていける道理があるまい。

マキロイという若者が世界でトップというが、私はこの若者がまだ使えるボールを池に投げたのを見たし、今春、クラブを池に放った。人間がこしらえた道具をこういうふうに扱うバカは何十年経ってもまともな人間になれない。それが世界一というのだからプロゴルフの世界も程度が知れる。タイガー・ウッズの女性問題が露見した折、アメリカ人は病気と曰《のたも》うた。バカを言え。ありゃ犯罪だろう。アメリカのゴルフマスコミがそろそろ復帰と言い出した時、ジム・フューリックが毅然と言った。「まだ早いだろう。そんな簡単な問題で済むなら、私たちの職業が疑われる」

いずれにしてもゴルフは近い将来、衰退する。ゴルフ人口が減るせいもあるが、ゴルフに品性が消えたこともある、と私は思う。

外国語をマスターするのに、何度も耳から聞き、言語の慣用を覚えよという。それも上達法のひとつだろうが、上達して何をするのか。真似は真似でしかない。そんなことでひとつの国の言語がマスターできるはずがない。どこでも母国語と呼ぶものは、その言語の中に歴史と人の歩み、イデオロギーが内在しているからだ。スマホを覗いている時間があるなら、一篇の詩でも訳したらどうだ。そのために辞書があるんだろう。中学校を出れば誰でもできることである。

誇りと名誉

毎年のことだが、今年も元旦は、母とゆっくりと迎えた。

九十歳を過ぎて、元気でいてもらえるのは有難いことだ。

大晦日《おおみそか》に一人で羽田空港へ行き、最終便で山口へむかう。最終便に乗るのは、大晦日まで仕事をしているからではない。生家で母の世話をしてくれている姉妹に、長男の帰省で、やれ酒だ、年越し蕎麦だ、と面倒をかけたくないからである。

十一時位に生家に着き、母に挨拶し、二階へ上がる。

猫が一匹、私の顔を見て、ミャーオと声を出す。嘘か、まことかは知らぬが、七年前に亡くなった父と、私を間違えているらしい、と妹は言う。

「そうでなければ、これほど人に懐《なつ》かなかった猫が兄さんにべったりしないわ」

猫は父とは仲が良かったらしい。

ともかく私が生家にいる数日間は、私のそばでじっとしている。

「おまえ、まだ生きていたか」

私が声を掛けると、白い尾を振り、目を細める。父親と間違えているのだろうか、と少し変な気分だが、ともかくこの猫と松の内を私は過ごす。

一時間もすると年が明ける。階下へ行き、母に挨拶し、父、弟、前妻に線香をあげ、二階に戻ってじっとしている。

父が生きている時は賑やかだったが、今は静かな新年である。たぶん私の一年の中で、この数日が一番静かな時間だろう。

このパターンの正月を、私は三十数年続けている。生家に戻らない正月は一度もない。それが長男としてのつとめと父に言われたからである。我が家で父の命じたことは、何より最優先した。姉たちが嫁ぐ以前は、正月は全員が顔を揃え、父に挨拶して新年を迎えた。

年の瀬に驚いたのは、ヤンキースの黒田博樹投手がヤンキースやパドレスからのオファーを蹴って、彼にとって故郷でもあるのだろう、広島カープに復帰するという話だった。

いや驚いた。というのも、松坂大輔投手と日本のどこだかの球団が契約をしたという話を聞き、彼の昨シーズンのプレー内容と、メジャーでの契約金を知っていたので、日本の球団がこんなかたちで迎えるのは、いかがなものかとなかば呆きれていたからだった。

何年か前にNHKで黒田投手のメジャーでの日々を取材した番組を見たことがあって、これほどしっかりした考えと、生活態度で野球を続けているのに感心したことがあった。

それが今回の広島への復帰を選択した話を知り、さらに見直した。

黒田の復帰の話は酒場でも話題になった。

「しかしパドレスが年俸二十一億でオファーしたのを、四億と出来高で古巣に復帰するってのは金のことがよくわかってないんじゃないのかね」

私は友人の言葉を聞き、断言した。

「いや、その逆だろう」

「逆って、どういうことですか？」

「彼が一番、金の大切さを知ってるんじゃないかってことさ。私の想像が正しければ、黒田は金で苦労もしているし、金の価値も、そこらのプロ選手よりわかってるんだと思うんだ。大半の日本人は、その差額で、すでにロートルに入った黒田投手がどんな暮らしをできただろうか、と考えるはずだ。けど彼はその逆を考えたのだと思う。その金を手に入れたいために、〝誇り〟と〝名誉〟を捨ててしまったら、金に敗れたことになるってね」

「そんなに大事なのかね、〝誇り〟や〝名誉〟が？」

「大事だと考える人間もいるさ。それを失ったら死んだも同然だとね」


今から四十八年前の春、明日、生家を離れて上京するという夜、私のもとに父がやって来た。呼ばれることはあっても、父から私に逢いに来ることはなかった。

——何だろうか……。

と父を見ると、私に座るように言い、話を切り出した。

それは父が十三歳で、母親から片道だけの船賃を工面してもらい、故郷の韓国を離れ、日本に渡ってからの日々の話だった。まるで小説のような話だった。何度もくたばりかけた父を、そうさせなかったのは、いつか故郷に錦を飾り、母の笑顔を見たいという一念だった。

〝誇り〟と〝名誉〟のために踏ん張ったとも言える。

黒田博樹が広島球場のマウンドに立った瞬間を、今春見ることができる私たちはしあわせである。故郷に、家族に笑い顔があふれるだろう。

孤独が人を成長させる

〝虚《むな》しく往《ゆ》きて実《み》ちて帰る〟

何のことですか、と言われようが、昔、一人の無名の僧が、仏の教えを学ぶために苦労して留学生となり、唐の国を目指して四隻の船で渡ったが二隻は嵐に流された。

何とか着いた若い僧は、その日から猛勉強をはじめる。同じ時期にインドからやって来ていた僧に梵字を教えてもらい、その頃、長安で一、二の高僧と評判の下に、教えを請うと意外や許可をされた。運は我にむいているかもしれないと、寝る時間も惜しんで勉学に励んだ。

教えられたのは密教である。

当時、あやふやになりかけていた仏教をきちんと考察した高僧がいたのである。

恵果《けいか》和尚という。人物であったらしい。

当時の唐の国の都、長安は、世界の中心である。仏教を学びたいという若い僧が世界中から集まっていた。勿論、中国の若き僧もあふれていた。

密教は梵字で教えられる。ところがこの梵字、インドの人でさえマスターするのに十年以上の歳月がかかる。故にこの僧は二十年の留学申請をしていた。この梵字をインド僧の下で、この若い僧はできるだけの力をふりしぼって学ぶ。

そこからの師の恵果と若き僧の勉学のやりとりはおそらく異様であったろう。

いつの時代もそうだが、物を学んだり、物事を考察する行為は、最初、とっつきにくい所があっても、或る一点、或る領域を越えてしまうと堰を切ったように、知の波が押し寄せ、軽々とそこを泳いでいる自分がいたりするものだ。

一年と十ヵ月後、師は若き僧に言った。

「すべてを教えた。一刻も早く日本に帰ってこれを人々に教えよ」

そう言って師はぐったりとして、やがて入寂《にゅうじゃく》（亡くなることですね）する。この時点で師の弟子は五千、六千人と言われ、この短期間で教えをマスターした僧も他にいなかったし、ましてや日本からの無名の僧である。

僧は弟子を代表して師の供養をし、師の偉業の碑文まで自ら書いて、

「さあとっとと日本へ帰るぞ」

と言ったかどうかは知らないが、二十年の留学申請などどうでもよろしいと二年後に日本に戻ったのである。西暦八〇六年のことである。

僧の名前は空海。

あの四国のお遍路さんでお馴染みの、弘法大師、お大師さんですな。

九州の大宰府に着いた僧が海を見て、名もなき僧だった自分が、今は師の教えを頂いてこうして立っている。そこでつぶやいた。

『虚しく往きて実ちて帰る』

こんなことは誰にでもあることではないが、私がこの言葉に魅せられるのは、〝虚しく往きて〟なのである。

若者が、故郷なり、祖国を出て見も知らぬ土地へ足を踏み入れるという行為は、不安で仕方なく、ましてや言葉もわからないし、生活習慣も知らない土地で、果して生きて帰ることができるのだろうか、と独りで闇を手探りで歩くような日々であろう。

しかし実はここに一番大切なことがあるんですナ。

〝実ちて帰る〟はどうでもよくて、〝虚しく〟のこの不安と孤独こそが人間を成長させる原動力であり、必須条件なのである。

その証拠に空海は〝虚しさ〟の幅が人より何倍も大きかったから、人間業《わざ》とは思えない能力を発揮して、密教をただ一人伝授されることができたのだろうと、私は考える。

今、日本人の若い人たちは、かつてと比べて海外への一人旅や、海外留学を望まないそうである。

スマートフォーンもあるし、好きなゲームもあるし、そこそこイイ会社に入れそうだし、料理も今勉強中だし、週末は一人で部屋で好きなワインと粋な自作のレシピの料理で乾杯できたり……。他に何を望むって言うんですか、そんなに高望みしてないし、誰かに迷惑かけてないし……。

結婚ですか？　恋人がいれば大丈夫。

「恋人いるのかね？」

いませんが、インターネットの中に私の恋人が待っていますし、結構、エキサイティングで、イケちゃうんです。

「結婚はしなくていいが、一人が少なくとも一人は子供を産んで育てないと、この国は滅亡するぞ」

それってきっと誰かがカバーしてくれるはずです。この国ってそういうバランスはいい人の、頑張り屋の集団だから、その人たちにまかせておけばいいんです。

――そうか。

「じゃそうして生きて行きなさい。私は百年、二百年先は見えないが、二、三十年先はだいたい見える。おまえさんはその時、本当の虚しさを知ることになるだろう」

どうということはない

数日前、あまり夜半が蒸し暑いので、朝方まで寝ないでいた。

本を読んだり、ワールドカップの再放送をみたり、頭髪を洗ったりした。

ようやく夜が明けて安堵したと思ったら、いきなり強い陽差しが入って来て、さらに暑くなった。

——何のために朝まで起きてたんだ？

仙台に電話を入れ、このところ背骨の調子が悪い、私のバカ犬の様子を訊いた。

「あなた声が少し変ですよ」

「いや別に何もないが」

「息切れがしてるみたいですよ。ノボと同じですよ。大丈夫？」

「いや暑いだけだ。どうということはない」

「まだクーラーかけてないんですか？」

「かけてない」

私はクーラーを使わない。

なぜ使わないのか？　そうやって生きて来ただけで理由はない。まあ敢えて理由を言わせてもらえれば、将来、地球が温暖化した際、生き延びるためだ（なわけないか）。

「いや、熱中症で年寄りが亡くなるのがわかる気がするよ。暑くて眠むれなかった」

「ダメですよ。少しクーラーつけないと、今倒れられたら困まるわ。家のローンだって残ってるんだし……」

家人はこういうことを平然と口にする時がある。ワシはローン専用かい？

家人なりに考えてくれたのだろう。仙台から扇風機が送られて来た。新品だ。自分のために扇風機を買ってもらったのは生まれて初めてのことだ。

取り扱い方がよくわからないので、常宿の部屋の係の女性が出勤するまで待った。

半日待って説明を受け、部屋の隅（広くはないのだが）で扇風機が回りはじめた。

「360度回るようにしておきます」

部屋の係の女性が言っていたが、扇風機が回るのを見ていて、

——生きてるみたいだナ……。

と思った。

ノボが食事を待つ時の首の振り方に似ている。扇風機が回るのをじっと見ていたら気持ちが悪くなった。

その夜は扇風機を点けて休んだ。

夜明け方、水車小屋に監禁されている夢を見て、目覚めた。

——どうしてあんな夢を見たのだろうか。

薄闇の中で、ずっと首を振り続けている扇風機が見えた。少し音が伝わって来る。

——こいつのせいだ。

熱中症で倒れるのと、おかしな夢を見て病院に運ばれるのと、どちらが臨終としてはラクなのだろうか。

そう言えば子供の頃、あまりに蒸し暑い夜に、ベランダに大きな蚊帳《かや》を吊して、そこに蒲団を敷き、一家八人で星の明りを見ながら寝たことがあった。

海からの風と波の音が聞こえて来た。

「沖は風が出とるナ」

と父の独り言を聞いたりしながら、夢心地に入った。

父はこういうふうなことを好んだ。

以前、韓国の父の家の墓参に出かけた時、親戚の人の車で何ヵ所も回ったのだが、山中に分け入って墓参りをし、そこから浦々の海景を見ていたら、父が昔を懐かしむように言った。

「子供の頃、この墓所へ行くのに長兄と二人で二日がかりで歩いて行った」

「じゃ宿かどこかで泊ったのですか」

「そんなお金があるものか。兄貴と二人で竹林の中で星を見ながら寝た」

「どうして竹林なんですか」

「誰かが来たり、獣が近づくと足音がはっきりわかるからな」

——ナルホド。

その話を聞いた日の夕暮れ、浦の沖合いに沈む夕陽をゴマの畑に立って眺めている父の背中を見ていて、

――この人にも少年の時があったのだ。

と妙に親近感を覚えた。

仙台の仕事場の棚に、父の写真とみっつの骨壺がある。父が亡くなって火葬場で骨を拾った折、姉たちも父の骨を欲しがるだろうと分骨した。生家に戻って、姉たちに骨壺をテーブルの上に置いて話をすると、全員がいらないと言った。置くとこがないし……。置く場所がないって、君たちね。人形ケースじゃないんだから……。

その棚の骨壺は、あの大震災の時でも他の物は皆落ちたのに、なんとひとつも落ちなかった。

「お父さん、根性あったものね」

家人の言葉に、私は少し呆きれた。

根性と言えば、以前、母に、今までで一番怖かったことは何ですか、と訊いたら、

「やはり機関銃で撃たれた時かしら」

「えっ？」

父も母も訊かれねば黙っている人で、訊くと驚くことが多い。倅《せがれ》は呑気に生きて来たものである。

生きるとは失うこと

仙台に帰ると紫陽花がまだ咲いていた。

この数年、庭の紫陽花を見ることができなかった。

上京のスケジュールと合わなかったのだろうが、数年前、一株も咲かぬ年があった。

淋しい梅雨だった。

今年はいつもより花の色があざやかに思えた。雨天の日に眺めたからかもしれない。

雨中に咲く花は情緒がある。

紫陽花もそうだが、鉄線、夏椿、木槿もそうだ。とくに木槿は花びらが薄いので、雨垂れに打たれて懸命に咲いている姿は、けなげにも、はかなげにも映る。

昔、鎌倉の由比ヶ浜通りで、深夜に降り出したどしゃ降りの雨の中を下駄を濡らしながら

歩いていたら、路地から顔をのぞかせるように紫陽花の花が咲いているのを見つけた。傘から腕を出せば肌が痛いほどの大粒の雨に紫陽花はちいさな花片を落とすでもなく、平然と咲いていた。

——強い花なのだ、

と思った。

記憶とは妙なものである。

夜半の雨中に立っていたのは四十年近く前のことである。花の色味から、足元にはねる雨粒の加減まで鮮明に覚えている。

私はまだ二十歳代のなかばで、毎晩、酒に飲んだくれ、自分の人生がどうなるのかもわからず、世の中に腹ばかりを立てていた。

青二才で、傲慢で、己のことしか考えられなかった。端で見れば、さぞ嫌な奴であっただろう。

その紫陽花を見た時も、どうしてこいつはこんなに平然と咲いてやがるんだ、くらいしか思わなかった。

今なら、こんな大雨の中で、けなげだな、と思う。しかし腹を立ててばかりの自分と、わかりきったような文章を書いている今の自分とでは、むしろ無性に腹を立てていた自分の方が羨《うらや》ましく思えるのはなぜだろうか。

身体も、精神も、あちこちとんがっていた頃を、懐かしいとは思わない。そんな自分がいたようだ、と思うと、自分はこの四十年で、大切なものを失なった、という実感が残ってしまう。

何やら妙なことを書いている。

少し疲れているのかもしれない。

仕事のやり過ぎか？　たいした仕事量ではない。むしろ逆で、きちんと仕事ができていないのが、疲れを感じさせているのだろう。

昨夜は仕事が低調なので（甘えたようなことをよく書くものだ）、珍しくテレビを無音で点けたまま原稿を進めていた。

ウィンブルドンのテニスで錦織圭選手が戦っていた。強くなったと評判だが、勝負処でミスが出た。以前、見た時は自滅するケースが目立った。それが失くなっているのかと思ったら、まだ肝心なところでリキんだり、アセったりする。鍛練が足りないのだろう。

夜半は、時間が、あっという間に過ぎる。四、五時間が一瞬である。これではくたばるまでに碌な仕事はできまい。いつの間にか、夜明け方になり、テレビ画面はサッカーのワールドカップのアルゼンチン対スイスの試合をやっている。

——強いなあ、スイス人は……。

スイスの代表が強いのではなく、スイス人という民族が強靭なのだろう、と思えてくる。この強さはどこから生まれているのか。

おそらくスイスという国の環境が、彼等を逞《たくま》しくさせているのだろう。

サッカーを眺めながら、その国の、国民の気質が見える気がする。アルゼンチンのサッカー、何するものぞ、という気概が伝わってくる。一対一なら負けるものか、という自信までが感じられる。辛いトレーニングを乗り越えてきたのだろう。幼い時からの教育、躾のしかたもあるのかもしれない。

サッカーはよくわからないが、団体スポーツの戦いは、最後は一人一人、個の強靭さが勝敗を決すると私は考えている。日本代表は懸命にやってきたのだろうが、敗れるということは、甘かった、というしかない。それでも彼等はまだ誉められる点がいくつもある。

憂うのは、今の日本人の、個の甘さ、甘えである。皆がひとつの方向へ行けば、ワァーッとヒ弱な鳥のごとくそちらへ走る。

敢えて苦節に身を置かねばならない年齢の若者が、スマホを後生大事に持って、暇があれば覗いている。バカナコトヲ……。

ツイッターもフェイスブックも悪いとは言わないが、情報より大切なものが、人間が成長する時期にはあるだろう。

己が何者であるかを目を見開いて見つめることである。何者でもないことがわかれば、何者かになるために、やるべきことは山とある。皆がそうするから自分もそうするでは、一対一の戦いで踏ん張ることはできない。

個を強くすることだ。そうでなければ日本人の強靱さは確立できないだろう。

苦言を言うが、君たちが何も持たない普通の若者なら、人の何倍も苦節を経験しなければ、本物の大人の男にはなれないぞ。

本気で憤れ。心底口惜しいと思え。それしか強くなる方法はない。

みっともないことをするな

タクシーが上野駅に近づくと運転手がちらりと上野の山の方に目をやった。

――何を見たんだ？　運転中にこの野郎！

と視線の先を見ると、派出所の屋根越しに葉桜にかわった桜木が見えた。

「運転手さん、上野の桜も終ったね」

「そうですね。けど奥の方はまだ咲いてるようです」

「奥とは、どこいらかね」

「S養軒あたりです」

「まだあるのかね、あの店は……（失礼）」

この数年、明治、大正の文学者の交流を調べていると、上野・S養軒の名前がよく出たの

で、昔のレストランの印象があった。

「あの店のハヤシライスは美味しいらしいですね」

運転手が言った。

――君、腹でも空いているのか。

昔は、大人の男が、知人でない相手に（知人であっても）食べ物が美味《うま》い、不味《まず》いは口にしなかった。

食の話というのはどれほど慎重に書いても卑《いや》しさがともなう。

父の前で一度、腹が空いた、腹が空いたと立て続けに言ったら、いきなり、

「男が腹が空いたなんて言うんじゃない」

とえらい剣幕で怒鳴られた。

すると隣りにいた弟が泣き出し、ゴメンナサイと謝った。

――あれっ、こいつも口にしてたっけ？

あとで弟に聞くと、口にはしなかったが彼も同じように思っていて、父に見透かされたのだと思って泣いてしまったと言う。

同じ兄弟でも、繊細さではずいぶん差があったのだろう。たしかに素直な弟だった。

私は後日、その折そばにいた母に訊いた。

「どうして男は、腹が空いたって言っちゃいけないの？」

「みっともないことがお父さんは好きじゃないからよ」

――ふ～ん、みっともないのか。

それでもよくわからず、次に若い方（高校生くらい）のお手伝いさんに訊いた。

「小夜、どうして、腹が空いたって男が口にするとみっともないんじゃ？」

小夜は少し考えてからこう答えた。

「それはですね。ワカ（私のことです）やマー君（弟）が、お腹が空いたって口にしてるのを誰かが聞いたら、あの家はまともに食事《マンマ》を食べさせちゃいない、と思うからじゃないでしょうか」

――ほうー、なるほど。

そこでバカガキの私は納得した。


小料理屋というのは聞くが、大料理屋とは言わない。何やらおおまかな味に聞こえる。

小股の切れ上がった女とは言うが、大股の割れた女とは言わないのと似てるのか。

私の通う店は大半が小店である。小料理屋である。店がちいさい分、料理も日本酒も冷めることがない。大は小をかねると言うが、大料理屋が小料理屋をかねることはないのだろう。

この一ヵ月で店名に〝小〟がつく店に二軒行った。ひとつは初店《はつみせ》で白金台にあった。その〝K町〟は清潔ですっきりした食事ができた。何より店の中に活けた花が気持ちをなごませた。みっつ、よっつの花が気のきいた花器にさりげなく活けてあった。季節を知るのに贅沢なほどである。調理人はマダムだった。

もひとつの〝小〟は神奈川の鮨屋である。元甲子園球児が若主人である。一年に一度だけ寄る。私はこの〝K谷〟の女将のファンだ。春の盛りに〝桜の下のゴルフ会〟というのがあって参加する（桜は好きじゃないが）。ゴルフの後で皆で乗り込む。料理はそれぞれ、それなりの味なのだろうが、鮨が出るまで時間がかかる。私はこういう鮨の食べ方が一番苦手なのだが、毎年伺っている。女将の魅力に引かれてか（断っておくが旦那さんは某プロ野球チームのコーチですから）。

銀座で初店も寄った。

三原小路のふぐ料理店で、路地に焼き台がレンガでこしらえてあって鯛が出た。大きからずちいさからずの頃合いの良い鯛だった。鰆も出た。春だね。ひさしぶりに元バトントワラーのHママが桜の着物で来てくれて、少々飲み過ぎた。女将以下立ち働いている女性も皆着物でイイ感じだった。そう言えばこの〝J郎長〟もてっさを女将が引いていた。

初店は感じが良くとも、次の機会が難しい。〝K町〟は連れて行ってくれた弁護士に断らねばならないし、〝J郎長〟は編集長に伺わねばならない。それがしきたり、常識である。

先日、テレビで女優さんが出ていてスマートフォンにむかって〝京都の美味い店〟と声を上げた。気でもおかしくなったか、と見ていたら、スマートフォンに京都の美味い店が数十軒あらわれた。役者は自慢げに笑い、周囲にいたタレントは口々に「スゴーーイ」と驚嘆していた。

――バカかおまえたちは。

いずれにしても家庭料理以外は、大人の男が美味い、美味いと何度も言わぬことだ。

いつかその日が来る

ひさしぶりにゆっくり仙台で過ごせた。

早朝から仕事をしていると、私のバカ犬の兄貴分が、突然、仕事場に入って来て、私の足元に身体を寄せて来た。

珍しいことである。飼いはじめて十三、四年になるが、こうした態度は二、三度もない。

「どうした粗相《そそう》でもしたか？」

私が言ってもただ身体を寄せるだけであるが、急に前足で私の足を掻いた。

「何だ？　オシッコでもなさるか？」

私が犬の顔を見ると、早足で庭へ出るガラス戸へ行きガラスを掻き出した。

私は筆を置き、ドアを開けた。犬は小走りに庭の中央へ出た。そこでじっと私を見た。

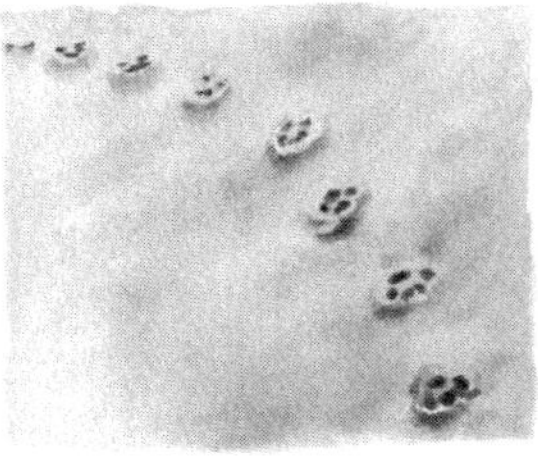

「何をやってる。わしを見てもしょうがないだろう。早く済ませろ。新聞原稿が落ちる」

それでもなおじっと私を見ている。

すると後方で家人の声が響いた。

「ワアッ、ワアッ、やられたー」

振りむくと玄関近くの絨緞を家人が見て、目を剝いている。

――そうか、小水を撒いたか。

その声が犬にも聞こえたのか、さらに強い視線で私を見ている。何やら痛々しい。

もう十五歳に近く、家人も、私も、この犬の尿気に気を配っているが、犬が信号を発しても気付かぬ時がある。

十数年、粗相がほとんどなかった犬が、庭の中央で救いを私に求めている。

「わかった。母さんには一緒に謝ってあげるから、もう入って来い」

手招いても来ないから庭に出て抱き上げた。

――おまえのせいじゃない。歳を取れば皆そうなる。

ところが家人は許さない。彼女曰《いわ》く。今怒っておかないと、これが当たり前になります。

そりゃそうだが、あまり怒りなさんな。当人も反省しとるんだし。

犬の姿は、明日の我身である。

二年前から、この犬は耳が遠くなった。それまで難なく上がれていた庭のテラスの段差が、ヨイッショとはずみがいるようになった。老いたか、という言葉で片付くものではない。その様子を見る度、仔犬の頃、ボールのように転がりながら庭を駆けめぐっていた日々が浮かぶ。


遠い日、我が家の犬が亡くなると、父が一人で遺骸を自転車の荷台に乗せ、どこやらに埋葬に行った。

或る時から、私を連れて行くようになった。これは以前も書いたが、二人して海岸近くの原っぱに穴を掘って、遺骸を底に置いた後、父はしばらく愛犬をじっと見ていた。少年の私も唇を嚙んで同じようにした。すると仔犬であった頃の可愛い姿や、淋しさで吠えていた姿、花火の音に逃げまどう姿……などがいちどきにあらわれた。

或る時、帰り道で、父の漕ぐ自転車の後方で訊いたことがあった。

「シロは土の中で腐るんじゃろうか？」

「いらぬことを言うな。土に返してやればそれでいいんだ」

父は怒ったように言った。

この頃、あの時の父の心境を考えることがある。

忙しくて家に姿がない方が多い父であったが、しばらく家にいる折、夜半、父が帰宅すると犬たちが(五、六匹いた)一斉に吠え立てた。私は深夜、父と犬の様子を縁側の隅で寝間着姿で覗いたことがあった。

迎えに出た母が鍋を手にして、その鍋から父が犬に与える肉の付いた骨を手にして、一匹一匹に食べさせていた。犬たちは、私がそれまで聞いたことのないような甘えた声を上げ、激しく尾を振り、父の足元で腹這いになったりしていた。

「そうか、シロ、そうか、チビ……」

と父は一匹〳〵の名前を呼び、犬の背やお腹を撫でたり、叩いたりしていた。

――相変らず、乱暴だナ……。

そう思ったが、犬の様子が私たち子供に対してのものとまるで違っていた。

今は私が帰宅する度に、どんな深夜でも玄関で待っている東北一のバカ犬の、あの甘えたような声と瞳に、妙な安堵といつくしみが湧く。

私は二匹の犬に、その日が来たら、近くの山へ埋めに行こうと思っている。

家人はそれを許すまい。墓など立てるかもしれない。

スコットランドのアイラ島で、犬の墓碑を見たことがある。骨の絵柄と名前があった。海の見える岬の草むらである。

【著者略歴】

◉1950年山口県防府市生まれ。72年立教大学文学部卒業。

◉81年短編小説『皐月』でデビュー。91年『乳房』で第12回吉川英治文学新人賞、92年『受け月』で第107回直木賞、94年『機関車先生』で第7回柴田錬三郎賞、2002年『ごろごろ』で第36回吉川英治文学賞をそれぞれ受賞。

◉作詞家として『ギンギラギンにさりげなく』『愚か者』『春の旅人』などを手がけている。

◉主な著書に『白秋』『あづま橋』『海峡』『春雷』『岬へ』『美の旅人』『羊の目』『スコアブック』『お父やんとオジさん』『浅草のおんな』『いねむり先生』『なぎさホテル』『星月夜』『伊集院静の「贈る言葉」』『逆風に立つ』『旅だから出逢えた言葉』『ノボさん』『愚者よ、お前がいなくなって淋しくてたまらない』『無頼のススメ』。

初出　「週刊現代」2014年3月8日号～2015年10月24日号
単行本化にあたり抜粋、修正をしました。

N.D.C. 914.6　190p　18cm
ISBN978-4-06-219841-7

追《お》いかけるな　大人《おとな》の流儀《りゅうぎ》5

二〇一五年一一月一六日第一刷発行
二〇二三年一二月一二日第五刷発行

著者　伊集院静《いじゅういんしずか》　
発行者　髙橋明男
発行所　株式会社講談社
東京都文京区音羽二丁目一二―二一　郵便番号一一二―八〇〇一
電話　編集　〇三―五三九五―三四三八
　　　販売　〇三―五三九五―四四一五
　　　業務　〇三―五三九五―三六一五
印刷所　TOPPAN株式会社
製本所　大口製本印刷株式会社
定価はカバーに表示してあります　Printed in Japan

KODANSHA